A cet ancien mineur qui, à Fourmies, montrant les lo… - devant son mobilhome : « C'est mon c…

Kate, Walt, je vous souhaite une bonne lecture,

LÀ-BAS, TOUT PRÈS

amicalement à vous deux,

Michel

Michel Pourny

Là-bas, tout près

Vérone éditions

Envois de manuscrits :
Vérone éditions – 75 boulevard Haussmann – 75008 Paris

à Annick.

PARTIR

Revenant des courses, passant dans la galerie commerciale, inévitablement je pose mes sacs. Il y en a pour tous les goûts. De l'Amérique, du Canada, de l'Australie, du Pérou, de partout. Les deux dames sont assises chacune derrière un bureau, je ne vois que leurs yeux, le reste est mangé par l'ordinateur. Par moments, l'une se penche de côté pour dire un mot à l'interlocuteur, celui qui va partir. Il attend, pendant qu'elle tape, le nez en l'air il regarde les affiches elles sont toutes bleues, du bleu profond de la mer par beau temps, pas de vagues ou alors de celles qui viennent doucement s'épuiser au pied des belles dames allongées à l'ombre d'un palmier de hasard. Il pianote aussi sur le bord du bureau, pour passer le temps, il sait que ce sera long, pensez : on communique avec le bout du bout du monde, un voyage d'une telle ampleur, cela ne s'improvise pas. Il faut être perpétuellement à l'affût, savoir attendre la promotion, éviter les pièges, penser à tout, assurance, hébergement sur place, chambre avec vue sur quoi, l'option « découverte » qu'on ne signe pas comme ça sur un coup de tête, le raid en 4x4 pour aller plus loin, avec bivouac dans le désert, sans compter les régions à éviter, volcans, risques de tsunamis, terrorisme, ça pour ça, commander un voyage, c'est déjà l'aventure.

Sur le présentoir – à l'extérieur donc ça n'engage à rien – les brochures sont toutes plus alléchantes les unes que les autres, et gratuites. J'en aurais bien pris une ou deux, mais elles sont épaisses, surtout celles qui parlent des pays lointains, donc lourdes, et c'est le mauvais jour, celui du pack d'eau, des fruits, du pain et du produit lessive, je suis à pied, un kilomètre et demi, on verra la prochaine fois. Je reprends mes sacs, et sur le chemin du retour je rumine ces paroles de Marc Walter :

« *Le voyage pour moi, ce n'est pas arriver : c'est partir. C'est l'imprévu de la prochaine escale, c'est le désir jamais comblé de connaître sans cesse autre chose, c'est la curiosité de confronter ses rêves avec le monde, c'est demain, éternellement demain.* »[1]

Partir, c'est quitter un lieu, s'en aller. Oui, plutôt s'en aller. S'éclipser. Quand ma petite fille a les yeux dans le vague, on dit qu'elle est partie. Le corps est là parmi nous, l'esprit ailleurs, en Rêverie. Un continent que jamais n'atteindront les explorateurs les plus téméraires. Plus que les jambes, les véhicules à roues, à hélice ou à ailes, mieux et plus loin que les moyens de transport les plus performants, l'esprit est un voyageur infatigable. Il ne connaît pas de limite. Frontières, murs, marécages, océans et tempêtes, il les traverse sans même les voir. Enfermez-le dans le cachot le plus sombre à l'écart du monde, il voyage encore, et plus loin au-delà du visible, car le noir stimule, comme l'étoile qui ne brille que la nuit.

J'aimerais aller loin, longtemps, dans un pays qui me fera tout oublier, les gros et les petits soucis, attention demain il sera trop tard, bon dieu combien de temps reste-t-il à vivre ? En voilà une question qui n'a pas de réponse. Si j'avais un sursis, disons d'un mois, mais en pleine santé, bon avec un peu d'arthrose, des taches dans l'œil et quelques insomnies, partir oui. Mais où ?

Il y aurait bien Ségeste avec son temple antique et plus haut, l'acropole sauvage envahie par les herbes, le théâtre qui domine le pays de Sicile. Il y aurait ce camping bondé, ma tente plantée entre deux arbres décharnés en face d'un type qui démonte sa Skoda pièce par pièce, ce camping tchèque où j'ai rencontré un homme exceptionnel venu d'Allemagne qui m'a tout dit de lui, son pays, les deux dictatures qui ont marqué sa vie, devant un schnaps jusque tard

---

1 Marc Walter : *Impressions de voyage.*

dans la nuit. Et puis… et puis, il y a… le sifflement du vent, la mer partout, loin par-delà les monts Cheviot et le mur de l'empereur, le soir encore clair sur les Highlands. L'Écosse c'est mon Amérique à moi. Ah comme j'aimerais la revoir un jour sous les rafales ! Comme j'aurais voulu qu'il y eût un monstre dans le loch, qui aurait tout dévoré, la bêtise humaine et la laideur du monde. Les scientifiques et Sonar m'ont dit que non. Il n'y a plus d'espoir. Le loch est vide jusqu'au fond.

Mais l'Écosse ce n'est pas assez loin. Le monde est trop petit, vous en avez vite fait le tour. Avez-vous déjà observé une carte du ciel ? À l'échelle de notre galaxie, la terre est déjà insignifiante. À l'échelle de l'univers dans son immensité, un Très-Haut ne pourrait concevoir l'existence de cette planète ridicule. Parlez-moi de Sirius, du Centaure, et encore, avec l'espoir d'y faire des rencontres. Non, pour voyager, l'espace ne me vaut rien. Et ça coûte. Je voudrais me promener là où aucun véhicule ne peut s'aventurer. Remonter le plus loin que je peux, dans les années que j'aime.

C'est dans les quarante, après la guerre, pour tout refaire, point par point, étape par étape. Mes parents se seraient aimés une fois pour toutes et pour toujours. Au début, ç'aurait été dur avec les tickets et la reconstruction du pays. Mais qu'y a-t-il de plus beau que la reconstruction de quelque chose, quand tout est à espérer, tout à venir ? Mon père aurait eu du travail, mais pas trop dur qui lui aurait laissé le temps de s'instruire, de lire des livres, d'apprendre des langues, de faire des rencontres enrichissantes, et d'être le compagnon idéal d'une maîtresse d'école, s'imposant à elle comme un interlocuteur de poids. Elle aurait cessé de lui parler comme on s'adresse à des élèves, elle n'aurait pas eu réponse à tout, à l'occasion d'un scrabble ou d'un jeu de lettres, elle aurait pris une bonne claque, qui aurait été profitable à tout le monde. Ils étaient tous les deux de grands voyageurs, ma mère par l'observation, mon père par le cœur. Elle tenait des carnets de voyage sur cahier d'écolier, avec les jours, les heures et tous les détails sur les paysages, les rencontres, les hôtels, les bonnes et les mauvaises surprises, les musées, les curiosités, tout était saisi, épluché, référencé. Mon père lui, rêvassait au bout de la table, et quand il avait la parole, il s'exprimait par images, impressions et sentiments. Incapable de se rappeler le nom d'un musée, ou même parfois celui d'une ville ou d'un pays – d'ailleurs cela l'énervait qu'elle l'interrompît pour combler une lacune qui pour lui n'avait aucune importance – il était par contre extrêmement performant sur le plan émotionnel. Il ne racontait pas, mais quelques mots suffisaient pour qu'on voyage avec lui. Ému aux larmes, du Canyon du Colorado il ne disait mot, mais dressait un portrait fabuleux d'une personne qu'il y avait croisée et dont les quelques mots échangés restaient pour toujours gravés dans sa mémoire. Rouge de colère, il était d'une intolérance incroyable, comme il disait, seulement avec les cons. Mais le monde en était plein. Si cette foutue société avait donné sa chance à tout le monde, il aurait été cinéaste, écrivain, peintre ou sculpteur. Lui qui fut tellement amoureux de l'Italie, je me demande parfois si l'âme de Stendhal ne s'était pas réincarnée en lui. Je me demande aussi ce qu'il était allé faire dans le Colorado. Mon père est la seule personne – à ma connaissance – qui pouvait parcourir le monde sans quitter son fauteuil. Les personnes qu'il avait rencontrées depuis ses années d'écolier, son séjour en Allemagne et en Pologne au STO, sa carrière de fraiseur-outilleur dans l'automobile, et toutes les autres dans la famille ou le voisinage, il en dressait une galerie de portraits à étourdir le créateur du monde qui en dépit de sa toute-puissance, n'aurait jamais imaginé être à l'origine d'une telle diversité. Maintenant qu'il est parti, lui qui avait les voyages organisés en horreur, je lui souhaite de ne rencontrer jusqu'à la fin des temps que des personnes de son choix, afin de trouver là-bas le bonheur dont il n'a pu jouir ici.

Oui, lui aussi aurait aimé tout reprendre. Si c'était possible ! Sûr qu'il y aurait des candidats pour emprunter le même chemin, comme les Dupont en Jeep dans le désert. Ma mère par exemple aurait tenté à nouveau le concours d'entrée à l'école normale. Elle aurait regagné sa classe avec la pile de cahiers sous le bras. À part les élèves, les programmes et les cartes sur les murs, rien pour elle n'aurait changé. Vais-je m'en moquer, quand je sais qu'elle y trouvait sa raison de vivre ?

Une Joconde, un Plafond de Chapelle Sixtine, un Champ de coquelicots, un Pont d'Argenteuil, un Big bang, un Déluge, une Résurrection, un Génocide, quitte à tout recommencer, autant apporter du neuf, du beau, du bon, de l'humain. On me dit que ce n'est pas possible, que c'est comme ça, qu'il faut vivre avec. *Qu'il faut vivre avec,* sentence terrible, mère de toutes les soumissions, une règle de mort que seules les religions sont capables de légitimer.

À Jesaistout sûr de lui qui m'assène qu'on ne vit qu'une fois, que c'est impossible de revenir en arrière, qu'il faut garder les pieds sur terre et vivre le présent, s'il m'écoutait je lui dirais que c'est bien d'avoir les pieds sur terre, mais juste ce qu'il faut, pas trop. On a vu des cas où des grands de ce monde avaient tellement les pieds sur terre qu'on n'en garde pas aujourd'hui un bon souvenir. À celui qui me dit qu'il faut vivre le présent et aller bronzer sous les tropiques, je lui conseille de se rendre à l'agence de voyages la plus proche. Il pourra signer au bas d'un chèque, même les pauvres savent le faire, pour le prix d'un écran plat ils se délassent loin de tout dans une piscine réservée sans même devoir serrer la main des pauvres de là-bas.

Mais comme trop souvent, c'est Jesaistout qui est dans le vrai. Le passé est mort et bien mort, et celui qui vous parle aujourd'hui n'est qu'un doux rêveur. Alors, si la lassitude, des jambes trop lourdes, l'âge ou la fatigue rendent un départ impossible, il faut au moins que nos petits enfants mettent au plus tôt leur nez dehors. À la lumière de Montaigne :

« ...et la visite des pays estrangers... pour en rapporter principalement les humeurs de ces nations et leurs façons, et pour frotter et limer nostre cervelle contre celle d'autruy. Je voudrois qu'on commençast à le promener dès sa tendre enfance, et premierement,

pour faire d'une pierre deux coups, par les nations voisines où le langage est plus esloigné du nostre, et auquel, si vous ne la formez de bon'heure, la langue ne se peut façonner. »[2]

Partir, c'est vivre beaucoup, intensément. C'est faire table rase des habitudes, des manies, du train-train. La rencontre avec des personnes d'ailleurs, qui parlent et vivent autrement, qui ont une autre histoire, permet de se regarder soi-même, de s'interroger. Un choc comparable à ce que fut pour l'humanité d'apprendre que le monde n'était qu'une planète, et qu'il y en avait des milliards de milliards. Ainsi nos touts petits ne seront pas surpris de voir, à leur retour ici, quelqu'un de différent, par l'aspect, l'accent ou la démarche. S'il coûte, le départ ouvre aussi l'esprit. Il est une source inépuisable de richesse.

Même s'il n'en vient pas toujours à bout, le départ sonne comme le tocsin la fin des préjugés, des croyances, du conditionnement. Il est une porte ouverte sur le monde certes, mais aussi sur soi. C'était peut-être l'idée de ma mère, quand je tournais en rond le jeudi après-midi, et qu'elle me disait : « Va donc prendre l'air ! »

§

2 Michel de Montaigne, *Essais*, chapitre XXVI, De l'institution des enfants.

HUMANITÉ

Pourquoi se rendre à l'autre bout du monde pour rencontrer des hommes ? Il y en a là, tout près. Et des sévères. J'en connais un, immigré des pieds à la tête. Il est blanc avec des grandes moustaches, je soupçonne une origine picarde, je penche pour le pays de Bray. Je l'appelle le marcheur. Vous sortez de chez vous à n'importe quelle heure, vous le rencontrez, il marche. Et toujours sur le même trajet. De chez lui, d'ailleurs je ne sais pas où, jusqu'au supermarché. Ou le contraire, il porte un grand sac lourd avec marqué « Leclerc » dessus. Où il habite, c'est un mystère.

Une grotte, un abri-sous-roche ? Un cabanon au fond des bois avec des tôles et de la fumée qui sort de partout ? Je vois des animaux, des poules c'est sûr, peut-être un ou deux chiens, des chats tout autour dans les arbres. Je ne vois pas de femme, je ne vois pas d'enfant. Je peux me tromper. L'homme qui marche je l'ai peut-être rêvé, et tout ce que je raconte, ce sont des balivernes, il ne vit ni sous une roche ni dans une cabane. Pourquoi pas un envoyé d'ailleurs, de Proxima du Centaure, venu étudier les hommes ? Non, un extraterrestre se serait fondu dans le paysage, il aurait fait comme tout le monde, aurait pris sa voiture, une Twingo bleu métallisée avec des jantes en alliage, abéesse et gépéesse, et je ne l'aurais pas vu.

L'homme qui marche existe j'en suis sûr. Je me rends au supermarché rien que pour le rencontrer, on se salue quand on se croise, et si par hasard nous marchons dans le même sens, moi devant, comme il est plus rapide, je sens sa présence et j'entends son souffle dans mon dos. Je me prépare, je joue franc jeu. Je m'arrête, me retourne. Il s'arrête. Un large sourire, nos regards se croisent. Nous échangeons des mots qui n'ont rien de banal, bonjour, bonsoir, ça fait du bien de marcher au soleil, on en a de la chance avec le temps en ce moment, oui, ce sont des mots qui n'ont rien de banal quand ils sont dits par un être qui des pieds à la tête sent bon l'humanité.

C'est un homme, un vrai, je le vois dans son sourire. Qu'il habite où il veut, une grotte, une caravane, une hutte, un sous-sol, un étage, c'est un homme qui m'a dit bonjour, et qui le pense.

§

PREMIER VOYAGE

C'était un grand jour pour moi. J'entrais dans la grande école, en classe de sixième. Mais surtout, comme Andrésy était encore un village, et qu'il n'y avait pas de collège, chaque jour je devais prendre le train, seul, en direction de Paris, et descendre à Conflans. Ce lundi premier octobre 1957 il pleuvait. Pour éviter d'être trempé, je montai dans la voiture de seconde classe la plus proche de l'abri principal, et m'installai sur la dernière banquette, près de la fenêtre. Il restait beaucoup de places, car la plupart des voyageurs se dirigeant vers la capitale étaient des Conflanais. Au coup de sifflet, une jeune fille tout essoufflée entra dans le wagon. Le train s'ébranla, elle resta un moment devant les portes qui claquèrent dans un sifflement de vapeur, et replia son parapluie. Puis rejetant ses cheveux en arrière, elle parcourut le compartiment du regard. Peut-être n'avait-elle pas remarqué ma présence, elle vint s'asseoir face à moi, jeta un coup d'œil à la fenêtre, croisa ses jambes et ouvrit son sac, un joli sac de cuir souple assorti à ses chaussures, à son ceinturon, et aussi à la barrette qui maintenait ses cheveux, sur le devant. Des cheveux bruns qui coulaient, un peu frisés, sur ses épaules. J'étais figé. Je ne lui dis pas bonjour. De toute façon, elle ne m'accordait aucune attention, plongée qu'elle était dans la lecture de son livre. Nous arrivions à Conflans. En me levant, j'eus le temps de déchiffrer : *Rosemary's baby* sur la couverture. Avec un « y » à la fin, c'était de l'anglais. Elle lisait en anglais ! Je descendis.

J'ai gardé un bon souvenir de ma première journée au Collège d'Enseignement Général. J'étais timide et ne connaissais personne, mais comme les autres ne se connaissaient pas non plus, on cessa tous ensemble d'être timides et on remplit les fiches signalétiques. J'ai toujours été captivé par les premiers jours de classe. On achète des cahiers neufs, un stylo à plume avec des cartouches, et des fournitures dont nous ignorions jusqu'alors l'existence : papier millimétré, compas de précision à pointes interchangeables, cahier de textes à spirale, carton à dessin, papier Canson de couleur, peinture en tube, et aussi le coco, dans les petites boîtes.

Le lendemain matin, je m'installai dans le même compartiment, sur ma banquette. Au coup de sifflet, la jeune fille essoufflée escalada les trois marches. Je me dis qu'un jour elle raterait le train. Pendant que je me disais cela, elle vint s'asseoir face à moi, ouvrit son sac et sortit son livre. Nous n'échangeâmes pas un mot, pas un regard. Mais, le visage tourné vers la fenêtre, je la voyais plus intensément que si mes yeux s'étaient portés sur elle. Je devinai qu'elle était encore plus élégante que la veille. Seuls le sac et le livre n'avaient pas changé. L'apostrophe suivi du « s » voulait dire que le bébé appartenait à Rosemary. Elle lisait toujours.

Chaque matin elle venait s'asseoir devant moi. Ses genoux étaient à quelques centimètres des miens. Il m'arrivait de sortir un livre de mon sac. Les leçons s'apprenaient sur le cahier, mais je sortais un livre que je feuilletais. Je ne l'entendais pas tourner les pages, elle lisait très lentement, probablement parce que c'était de l'anglais. J'aimais beaucoup l'anglais, surtout la dictée du vendredi matin. J'apprenais par cœur la liste des mots. D'ailleurs j'apprenais tout par cœur. Si bien que je fus classé premier en décembre, et encore premier à la fin de l'année. Au mois de mars ma moyenne avait baissé, c'était le deuxième trimestre, et au cours de ma vie j'ai noté ce fait : j'accuse une baisse de régime dans les milieux de parcours. Mes parents étaient contents de mes résultats, ils en parlaient souvent aux voisins, je faisais semblant de ne pas entendre en creusant des tunnels dans le sable, pour mes billes. Mais du reste, que je voyageais tous les matins en compagnie d'une jeune fille, ils n'en parlaient pas, car ils n'en savaient rien. Elle non plus peut-être, ne le savait pas. Elle n'ouvrait pas la bouche et ne levait jamais les yeux sur moi.

Le jour de mon entrée en cinquième, je me précipitai dans le compartiment. Habitué que j'étais, depuis un an, à prendre le train, je restai un moment en équilibre sur la dernière marche, la main accrochée à la barre, à observer les attardés. Soudain je l'aperçus. Elle se dirigeait vers moi. Ses cheveux étaient coupés court, et puis il y avait autre chose. Je gagnai rapidement ma place, elle vint s'asseoir à la sienne. C'était son habillement, ou plutôt sa façon de s'habiller qui avait changé. Je ne sais comment dire, d'abord, sur le quai, elle m'avait paru plus petite, je crois qu'elle ne portait plus ses talons hauts, mais une sorte de mocassins. Elle tenait un grand sac près d'elle, dont la lanière en corde s'enfonçait dans l'épaulette d'un blouson de toile en jeans. Je pouvais observer tout cela, je me sentais plus libre, mais j'étais intrigué par ces changements. Surtout qu'au lieu de son livre, elle se mit à feuilleter un magazine de photos en couleurs. Ma mère achetait quelque chose comme ça, « Modes et travaux » je crois. De temps à autre, je levais le nez pour regarder le plafond du wagon. Elle était maquillée. Les cils étaient noirs et les pommettes teintes en rose. Au deuxième passage, baissant le nez sur mon livre, je remarquai la pommade, ou peut-être le fond de teint sur le front et les joues, et les boucles d'oreilles. Tout ça, c'était bien nouveau. Je préférais les cheveux longs avec la barrette, la peau mate du visage et puis les talons hauts qui soulignaient le galbe de ses jambes quand elle parcourait le compartiment, le matin. Le frottement du nylon aussi, quand à peine installée, elle croisait ses jambes. Mais aujourd'hui, Mademoiselle en mocassins inaugurait l'époque blouson-pantalon et consultait un programme de télé devant un garçon déçu qui était en cinquième et avait bien changé, aussi.

D'abord, j'appris moins par cœur puis, progressivement, j'appris moins tout court. La fatigue peut-être, à cause de mon année d'avance? Les professeurs étaient désappointés, surtout ceux qui connaissaient mes résultats antérieurs. Mes parents qui croisaient les voisins, échangeaient des banalités sur la météo ou des projets de vacances. Assis sur la balançoire, je feignais de ne pas entendre en lisant « Bari chien-loup ».

— Il est souvent à la lecture, votre garçon…

— Je lisais beaucoup aussi quand j'avais son âge. C'est une bonne chose, ils font des progrès en orthographe !

Ma mère était très douée en orthographe, d'ailleurs elle était très douée en tout. Mais Curwood avait tout compris, il me tenait compagnie jusqu'au lendemain matin. Je retrouvais ma belle. J'oubliais le reste, maquillage, talons plats, elle était belle quand elle avait couru, ses joues prenaient des couleurs, de vraies couleurs. J'imaginais qu'elle faisait ça pour moi, qu'elle avait foncé sur le quai pour ne pas me manquer, moi. J'oubliais le reste, le travail de classe. Même les matières sans leçons me réussissaient moins. Je faiblissais partout, même en dictée. Ce qui me captivait dans le Grand Nord, ce n'était pas l'orthographe, mais l'aventure. La nuit, avant de m'endormir, j'attisais le feu et comptais mes chiens. Au milieu de la tempête, une silhouette se dessinait. Elle posait sa fourrure, venait s'allonger près de moi. D'un geste élégant, elle ôtait la barrette et libérait ses cheveux qui coulaient, un peu frisés, sur mon épaule. Enlacés, nous nous aimions toute la nuit, avant de reprendre la route, le lendemain. Mis à part les chiens… et les loups, personne ne fut jamais témoin de nos escapades nocturnes ni… matinales.

Un jour, un camarade de classe ayant repéré mon wagon, vint me retrouver dans notre compartiment. Il se pencha vers moi :

— Vise la nana en face !

Je répondis par un hochement d'épaules. Je craignais qu'elle eût entendu. Une fois sur le quai, je lui fis remarquer que c'était une femme, que je ne connaissais pas en plus, et qu'il pouvait s'abstenir de faire des remarques de gamin. De toute façon il me trouvait triste et changea de compartiment les jours suivants.

Vu le bilan désastreux de mon année scolaire, le conseil des professeurs proposa le redoublement. Les grandes vacances furent interminables. Pour la première fois de ma vie j'appréhendais la rentrée. Mais aussi j'attendais le premier octobre avec la même impatience que les autres années. Seulement, la raison de mon impatience n'était pas la même. L'école ne m'apportait plus que l'aventure, et l'aventure durait quelques minutes par jour. L'imagination faisait le reste. J'avais laissé le Grand Nord à son blizzard, et mon bateau échouait sur une île déserte. Je sortais en héros de la coque fracassée. Elle m'attendait sur un rocher en faisant de grands signes. Nous reprenions tout à zéro. À pleines cognées, je coupais d'énormes troncs et montais la cabane. Ma sauvageonne tissait les tentures pour nous protéger des intempéries. Car il pleuvait beaucoup sur l'île, serrés l'un contre l'autre, le feu nous réchauffait.

D'ailleurs, je crois qu'il a plu toute l'année, ma deuxième année de cinquième. La plus rude. En cours, je n'écoutais plus. En physique, je fignolais la cabane. En sciences naturelles, je combattais les bêtes sauvages. Et partout, elle était à mon côté. Le soir au dîner, j'entendais mon père parler du boulot, et j'avais un pressentiment. Que moi aussi, bientôt, j'irai en usine, mais je gardais ça pour moi, car tout le monde savait que j'allais reprendre le dessus, qu'en digne fils de ma mère je passerais haut la main le concours d'entrée à l'École Normale, et que je deviendrais instituteur.

Vers la fin de l'année, probablement parce que j'étais fatigué, j'éprouvais des difficultés pour former son image, le soir dans mon lit. Elle n'était plus aussi belle, ou bien elle l'était mais moins longtemps, et le temps passé à reconstituer sa fine silhouette courant vers moi sur la plage était perdu pour la suite de l'histoire. La cabane n'avançait plus. Je revenais de la chasse, fourbu. Il m'arrivait même de ne pas allumer le feu, et nous nous endormions sans nous embrasser.

Dans le train, elle était fatiguée, semblant porter un lourd fardeau. Ses cheveux étaient raides, je crois qu'ils n'étaient pas soignés. Elle portait toujours les mêmes vêtements et ne lisait plus, même pas un magazine. Elle tricotait. Un jour, comme elle allait pour s'asseoir, je pris mon courage à deux mains pour lui dire « Bonjour ». Peut-être m'aurait-elle répondu ? Depuis le temps, je brûlais d'entendre sa voix… Elle était encore debout, je ne vis que son ventre. Un énorme ventre qui débordait de sa veste en toile à moitié déboutonnée. J'étais figé. Puis je me mis à trembler de tout mon corps. Elle jeta un coup d'œil à la fenêtre, sortit son tricot. Pour la dernière fois j'allais au collège, car je devais commencer mon apprentissage. Je prendrais le train dans l'autre sens, vers Meulan, puis le car pour Poissy. Je ne l'ai jamais revue. J'ai gardé mon Curwood et Robinson Crusoé, ils sont rangés dans mon bureau d'écolier.

§

TAO

Je passais le clair de mon temps à chercher l'âme sœur. À l'université de Tianjin, il y en avait des étudiantes, mais je m'aperçus bien vite que l'ordinateur est à notre époque le plus court chemin de l'homme à la femme. Je pianotai mon curriculum vitæ. Ou presque. Il y a des choses qu'on ne pianote pas. Le soir en rentrant, je consultais la boîte aux lettres électronique. C'est ainsi qu'après une correspondance de quelques semaines, puis quelques rencontres, je connus *Beauté précieuse*. Chez nous on dit : Li Na. Tout était beau chez elle, la tonalité de sa voix, sa démarche, son regard. Tout. Elle voulait vivre avec moi mais ne tenait pas particulièrement au mariage. Peut-être étais-je un peu ringard, j'insistai. Le maire du village scella notre union à jamais.

Elle voulut un enfant. Moi aussi. Par honnêteté, je l'informais de mes problèmes de santé. Bien sûr, tout cela était fini, presque oublié. Elle m'écouta à peine. Depuis bientôt trois ans le sérum magique avait rayé le virus de la surface de la terre, c'était plus qu'une assurance : une éternité. Je tentais de lui faire admettre qu'il y avait un risque, même s'il était minime. Mais pour elle, il ne pouvait être question de préservatif. Passionnée, elle me désirait tel que j'étais. Il s'en fallut de quelques mois pour qu'elle m'annonça la nouvelle. Le gynécologue était formel, elle attendait un enfant. Mieux, l'échographie pouvait, si nous le désirions, nous préciser le sexe, la couleur des yeux, des cheveux, les prévisions de taille et de corpulence au stade adulte, l'espérance de longévité, le quotient intellectuel à quinze, vingt et trente ans, ainsi que par tranches de dix années supplémentaires.

Même pourrait-on, en consultant la banque de données de la clinique, connaître le caractère de l'enfant, ses goûts et inclinations, prévoir sa réussite scolaire, ses capacités relationnelles, et jusqu'à la durée de ses problèmes œdipiens, au jour et à l'heure près. Bref, j'allais être père.

Ma compagne ne voulait rien savoir de tout cela, jusqu'au sexe de notre enfant qu'elle préférait ignorer. Et j'étais bien d'accord. Toutes ces informations transmises par la technique moderne gâchent le plaisir de l'enfantement. Nous irions nous-mêmes à la découverte de ce petit être tel l'artiste qui, longtemps absorbé par le travail, s'étonne soudain de sa création. J'accompagnais régulièrement Li Na à ses consultations. Au troisième mois la courbe de son ventre s'accentua sensiblement. J'aimais y poser la main. Toutefois il était encore trop tôt pour sentir le moindre signe de vie. Nous étions impatients. La grossesse se passait bien. Li Na ne fumait ni ne buvait, ne suivait aucun régime ni traitements particuliers. Le médecin ne la retenait jamais plus de quelques minutes, et quand il me croisait dans le couloir, c'était pour me dire :

— Si toutes les femmes avaient sa santé et son équilibre psychologique, je mettrais la clé sous la porte.

Quelque chose m'inquiétait pourtant. C'était sans rapport avec ma femme. J'écoutais régulièrement la radio, je lisais Huánqiú Shíbào, et je remarquais que *la chose* (comme on disait à l'époque) n'était plus évoquée. Certes, cela faisait deux ans que le fléau était écarté. Le sérum avait sauvé ma vie et, quelques mois plus tard, le vaccin avait été mis au point. Mais je me rappelais l'emphase, la démesure des commentaires à cette époque, et je comprenais mal comment une telle découverte pouvait être aussi vite oubliée. Un jour cependant, le sujet fut débattu dans l'émission « Les mots sont les vôtres ». Je me souviendrai de ce jour, non pas que le débat me passionnât, mais parce que nous fîmes connaissance avec notre enfant. Li Na, allongée sur le lit, prit ma main et la posa sur son ventre. Nous restâmes un long moment silencieux.

— Est-ce que tu sens quelque chose ?

Je m'attendais à des secousses imperceptibles, au mieux à un léger tremblement. Elle chuchota :

— Attention !

C'est ma main qui trembla. Elle s'éleva même de quelques centimètres. Le petit corps s'était déplacé, peut-être même retourné. Il existait. Il vivait en elle. Li Na se mit à rire. J'écoutais d'une oreille distraite, mais je crois que le professeur Wang Ping, épidémiologiste auprès du Ministère de la santé, était sur le plateau. À une question qu'on lui posa sur la « chose », il répondit d'une voix calme, presque rassurante :

— Le problème est pratiquement résolu.

Je caressais le ventre de Li Na. Elle m'interrogeait du regard.

— Non, rien. Je pense seulement qu'on va en faire un boxeur, s'il continue !

— Pour toi, c'est un garçon, de toute évidence…

J'avais entendu : *pratiquement*. Pourquoi cette prudence puisque tous les malades étaient soignés ? Je posai ma tête sur son épaule, elle passa sa main dans mes cheveux.

— Moi aussi j'aimerais un garçon. Quand j'étais petite, j'avais un frère. Nous vivions à la campagne et mes parents tardèrent à consulter un médecin. Nous n'avons jamais su ce qu'il avait, peut-être un genre de tuberculose. Je n'étais pas suffisamment habituée à sa présence pour éprouver de la peine. Maintenant, vingt ans après, je souffre de son absence. C'est bizarre comme nous sommes, tu ne trouves pas ?

Je fis glisser ma tête le long de son corps, agrémentant ce voyage de mille baisers. Puis, quand mes lèvres effleurèrent la rondeur de son ventre, je me relevai quelque peu, juste pour susurrer :

— Garçon, garçon, garçon…

À la troisième reprise, elle se mit à rire, et puis ce fut le bébé, ou peut-être le boxeur qui en mit un coup. Nous étions devenus complètement fous.

Quand je me réveillai, la radio ne jouait plus que de la musique. Li Na dormait profondément. Ce qui dépassait mon entendement, c'était qu'on pût soigner *pratiquement* quelqu'un. Si dans mon cas, la guérison n'avait pas été complète, j'aurais continué de souffrir, on m'aurait imposé un traitement, j'aurais pris des médicaments ou passé des radios. Au lieu de tout cela, un beau jour, le médecin m'avait dit :

— Vous reviendrez dans une quinzaine, puis une fois par mois pendant un an, pour des contrôles de routine. À bientôt !

J'avais subi ces contrôles depuis trois ans déjà. Les spécialistes avaient-ils rencontré des cas particuliers ? Pourquoi n'en parlait-on pas ?

Avec le recul du temps je comprends pourquoi le professeur n'avait pas révélé au public ce qu'il savait. Il y avait dans ce « pratiquement résolu » plus qu'un euphémisme ou une ruse de langage. Les autorités avaient-elles intimé l'ordre à Wang Ping de ne rien communiquer à la presse ? Dans ses Mémoires, il rapporte toutes ces discussions ainsi que les comptes rendus de laboratoire. J'ai retenu ce passage, cette anecdote, qui figure au début du chapitre « Éthiopie, la fin d'un rêve » :

C'est l'histoire d'un petit homme. Un petit homme en blouse qui portait des lunettes de myope. Il avait dit :

— Je peux parler au professeur ? Madame s'il vous plaît, je viens du laboratoire, il faut que je parle au professeur !

La secrétaire finit de ranger ses papiers. Elle se leva, jetant un œil sur la pendule. Le petit homme insistait, il la suivit jusqu'au portemanteau, puis d'une voix sèche, elle dit :

— On ferme.

Il avait passé la nuit dehors, assis sur un paillasson, adossé à une porte sur laquelle était marqué, en lettres dorées :

CENTRE NATIONAL DE CONTRÔLE DE PRÉVENTION DES MALADIES

On reçoit sur rendez-vous

Au matin, la secrétaire arriva. Il entendit d'autres pas dans l'escalier. Le professeur reconnut le petit homme :

— Bonjour !

— Venez dans mon bureau, cela a l'air si important…

Ils avaient à peine entamé l'escalier :

— Professeur ! Le sérum ! Écoutez-moi !

Ni moi ni personne ne sut ce que le petit homme et Wang Ping s'étaient dit. Toujours est-il qu'à la fin, le professeur conclut par ces mots :

— J'alerte le Comité. On arrête tout.

Or le virus répandait la mort sur le monde. À Beijing, à Chongqing, Zhengzhou et Wuhan, comme ici à Tianjin, les salles de réanimation étaient occupées par des malades de tous les âges, auxquels la médecine la plus moderne n'était d'aucun secours. En outre, dans tous les pays déjà atteints par le mal, on constatait que la « chose » pouvait s'en prendre aussi aux petits enfants. Alors des milliers de laboratoires, de scientifiques, d'épidémiologistes de partout se mirent à la recherche d'un contre-poison. En à peine un an, l'intelligence et la persévérance dont l'humanité est capable avaient abouti. Un sérum passa avec succès tous les tests, et sur des milliers de personnes. En toute hâte de grands laboratoires se lancèrent dans la production à grande échelle. J'eus la chance de vivre dans un pays qui disposa rapidement du sérum magique. En quelques mois, les symptômes qui avaient un moment inquiété mon médecin de famille disparurent. La suite vous la connaissez, ma rencontre avec Li Na.

— Mais oui chéri, il pourrait n'avoir qu'un bras. Ou deux têtes. L'une composera des poèmes, l'autre de la musique.

Elle parvenait à m'arracher un sourire.

— Et plus tard, quand la tête littéraire racontera ses Mémoires, elle rendra hommage à son père : « Oui, cher lecteur, la raison de ma réussite est un homme, je lui dois tout. Victime de la « chose » le grand, l'immense Zhu se porta volontaire pour l'essai du sérum. Joignant la force de sa volonté aux progrès de la science, il conçut votre serviteur ».

Depuis l'histoire du « pratiquement » je commençais à craindre pour ma santé. Tous les matins après la douche, j'inspectais les moindres détails de ma peau, je contrôlais le blanc de mes yeux, la grosseur de mes ganglions. Li Na allait bien aussi, mais j'étais anxieux. Je pensais au bébé. Li Na comprenait. Car elle savait tout et connaissait mon caractère. Mais elle était plus forte. Loin de l'angoisser, je la faisais rire.

Ce n'était pas de l'insouciance, elle voulait cet enfant, et l'humour était peut-être la meilleure façon de conjurer le mauvais sort. Pour m'aider à surmonter mes angoisses, elle m'emmenait au cinéma, réservait un chalet pour les sports d'hiver, m'invitait à la rejoindre directement le soir, au restaurant. Et puis il y avait les séances de gymnastique du mercredi : l'accouchement sans douleur avec participation conseillée de l'époux. Le gynéco, me fixant droit dans les yeux, avait prononcé « conseillée » sur un ton… comment dire… Bref, avant qu'il termine sa phrase, j'avais déjà enfilé le survêtement. En plus, il fallait que je participe. Je maîtrisais assez bien la respiration, quant aux mouvements, c'était une autre paire de manches. Comme j'étais vite essoufflé, je passais le reste du temps à admirer *Beauté précieuse*. Des trente femmes qui s'ébattaient, elle était incontestablement la championne. Roulades, torsions, pieds au mur, grand écart, appui tendu renversé, flip flap, saut de mains, planche costale, appui quadrupédique dorsal : la facilité avec laquelle elle accomplissait les acrobaties les plus surprenantes n'avait d'égale que l'élégance du geste. Ses démonstrations créaient une certaine émulation dans le groupe, pas seulement parmi les futures mamans. Les hommes, très assidus, étaient de plus en plus captivés par les séances d'entraînement à l'accouchement sportif. Quant à moi, je soupirais dans mon coin, me demandant quelle aide j'aurais bien pu lui apporter.

Le jour J approchait. Elle ressentit les premières douleurs. Nous nous rendîmes à la clinique. Le médecin annonçait l'échéance pour le soir même ou la nuit. Tout se passa vite, et bien. Je lui tenais la main et, occupé que j'étais à l'accompagner dans ses efforts, je n'entendis pas les premiers mots de la sage-femme. Elle fit alors le tour du lit et me cria dans l'oreille :

— Monsieur, vous avez un beau garçon !

— Tu es papa, mon chéri.

Quelqu'un avait déjà emporté le bébé, pour la toilette. Je demandai s'il avait crié, sachant combien c'était important…

— Oh ça, pour crier, il crie. Un sacré garnement. On vous le rapporte dans une minute.

L'infirmière entra précipitamment dans la chambre. Elle tenait un petit paquet dans ses bras.

— Le voilà votre rejeton. Il est tout propre. Je sais, il n'est pas beau. Dans deux jours il sera méconnaissable. Voyez ce duvet, là sur le front : il aura disparu. Et le petit crâne en obus prendra une forme…

— Oui mais le nez, il est écrasé, le nez…

— Vous croyez que c'est facile, vous, de passer le col de l'utérus avec un nez en trompette ?

Ce disant, elle me le colla dans les bras. Je n'arrivais pas à me faire à l'idée que cette boule de poils m'appartenait. La mère et le fils avaient les yeux fermés, c'était leur seul trait commun. L'aide-soignante l'avait habillé en bleu ciel, cela rendait plus sombre encore la couleur de sa peau. Les petites jambes étaient arquées. La surveillante me pria de laisser dormir le petit et de la suivre jusqu'à son bureau.

— Monsieur, votre enfant a répondu positivement aux tests. Il a de bons réflexes. Nous aimerions lui faire subir quelques examens supplémentaires, demain dans la journée. Ne soyez pas inquiet.

— Mais pourquoi voulez-vous que je sois inquiet ?

Je l'étais pourtant. J'avais fait la revue des autres bébés en passant discrètement devant les chambres. Ils n'étaient pas beaux non plus, mais je ne sais comment dire, leur laideur était différente. Je pensais trop.

Li Na devait prendre du repos, je quittai la clinique. La surveillante avait oublié de me demander le prénom. Heureusement car dans mon émotion, je ne me souvenais plus, après mille tergiversations, lequel de Qiang ou Tao était l'heureux élu. Il faudrait bien confirmer son existence à ce petit homme.

Le lendemain, je croyais surprendre la maman à pouponner. Un homme m'attendait dans le couloir. Jeune, cheveux longs, jeans, chemise débraillée, il n'était pas médecin celui-là.

— Je suis médecin-pédiatre, vous êtes monsieur…

— Oui, c'est pour le bébé ?

— Il y a un test qui n'est pas bon. Je vais demander un prélèvement rachidien.

— Parlez franchement !

— Mais je vous parle franchement monsieur. Si j'étais sûr que votre enfant eût un problème, je vous le dirais. Ce n'est pas le cas dans l'état actuel des examens. Il est en bonne santé. Mais il me faut ce prélèvement.

— Ah ? Et sa tête, vous l'avez vue sa tête ? Son crâne, la forme… avez-vous seulement remarqué la forme de son crâne ?

— Je ne l'ai pas suffisamment observée. Mais je connais les résultats des analyses.

Je le pris par le bras :

— Venez !

Elle buvait son café au lait.

— Tu sais, je ne l'ai pas souvent avec moi. Il paraît que je ne peux pas allaiter. Elles l'emmènent pour les repas, et ce matin il n'est même pas revenu.

— C'est pareil pour les autres ma chérie. Le premier jour…

— Non. La dame en face a son bébé tout le temps.

Le pédiatre me suivait. Je reconnus le berceau dans un coin, curieusement au rayon des prématurés, alors qu'il ne l'était pas. Éveillé, il s'amusait à sucer un de ses orteils. Le jeune docteur se pencha sur lui. Les autres s'agitaient et gémissaient, mais leurs cris s'étouffaient dans les bulles d'isolation. Un silence pesant régnait dans la salle vitrée. Il était toujours penché. Le petit ouvrait les yeux, de tout petits yeux enfoncés sous leurs arcades, puis les refermait quand l'orteil entrait dans sa bouche. J'observais le crâne du bébé, puis celui du jeune homme. Il se releva. Il avait longuement examiné le visage, sans le toucher. Il ne sembla pas intrigué par la forme des jambes, ni par la souplesse étonnante du corps. Les nouveau-nés peuvent facilement toucher leurs pieds. Mais les sucer ? Dès le deuxième jour ? Il me conseilla de rester en contact. Je reviendrais le lendemain pour le bilan cérébrospinal.

C'est Li Na qui m'étonna. Elle n'était pas déprimée, pourtant je connaissais son sens de l'observation. Elle parla la première. On pouvait s'attendre au pire. C'était la vie. On affronterait la situation. Ensemble. Nous nous aimions, notre enfant ne serait pas malheureux, même s'il ne devenait jamais un homme comme les autres. Nous en étions au même point, ou presque. De son lit, elle avait compris. Le bébé était en observation. Et pendant que je tournais en rond dans la clinique, jaugeant la sincérité d'un sourire d'infirmière, observant avec la sagacité d'un anthropologue la calotte crânienne d'une génération entière de nourrissons, bref, alors que je ruminais les pensées les plus sombres, cette femme, cette mère allongée paisiblement sur ce lit, raisonnait, mesurait simplement les données de la situation. La vivacité de son esprit n'affectait en rien sa lucidité, alliant un sens aigu de l'observation à d'étonnantes capacités de déduction. Je l'avais d'abord aimée pour la tonalité de sa voix, puis pour sa beauté. Maintenant, alors que nous étions inquiets pour la santé de notre enfant, elle était la sagesse personnifiée, évoquant tranquillement la vie, l'avenir. « Nous nous aimons, notre enfant ne sera pas malheureux, quel qu'il soit. »

Elle s'endormit.

Ce n'est pas un pédiatre qui m'accueillit le lendemain, mais trois. Ils étaient là à discuter au bureau des entrées, l'un d'eux se retourna pour s'adresser à la surveillante :

— …ça, ici…

La grimace qui accompagnait les mots, et l'attitude un peu désœuvrée de son interlocutrice ne pouvaient me tromper. Il avait dit :

— On ne peut garder ça, ici.

Ils remarquèrent ma présence. Celui que je connaissais, qui portait une blouse blanche maintenant, s'approcha :

— Bon, monsieur, la santé du petit n'est pas en cause. Il vivra, peut-être même aussi longtemps que vous et moi. Le problème est ailleurs…

Il marqua un temps. Les autres étaient silencieux, l'un d'eux alluma une cigarette.

— Nous n'avons plus de doute quant à sa nature.

— Il n'est pas bien constitué ?

— Si. Votre enfant deviendra un homme, mais il sera différent.

Il me fit un signe. Ses collègues restant sur place, je le suivis jusqu'à son bureau. Il referma la porte.

— Puis-je être franc avec vous ? Vous avez été soigné pour le virus. Quelques accidents se sont produits. Nous sommes confrontés à ce problème, aujourd'hui.

— Vous me dîtes qu'il deviendra un homme…

— Je maintiens.

— Alors je ne vois pas…

— Monsieur, votre femme a donné le jour à un enfant dont le génotype est celui d'une créature qui vivait en Europe il y a trente-cinq mille ans. Il porte un nom, du moins la science lui en a donné un : *Homo Neanderthalensis*.

Le docteur s'était installé à son bureau, les yeux fixés sur ses mains qui jouaient avec le capuchon d'un stylo. J'étais debout. Je ne sais plus maintenant, après tant d'années, à quoi je pouvais bien penser. Puis je me suis avancé, mes mains ont empoigné les deux extrémités du bureau, j'ai attendu qu'il relève la tête, je l'ai regardé dans les yeux, et j'ai dit :

— Non.

Il n'était pas à l'aise. Peut-être aurait-il préféré que je pleure, ou que je rie nerveusement, que je le supplie de faire quelque chose, que je sorte précipitamment pour aller inventer des balivernes, histoire de rassurer ma femme, que sais-je encore ? Peut-être espérait-il un dialogue sur un ton triste, une discussion sur les problèmes d'éducation qui ne manqueraient pas de se poser ? Que je lui demande des conseils pratiques à propos de l'assurance maladie, du formulaire à remplir pour la déclaration de naissance, ou encore qu'il me dresse une liste des centres spécialisés pour enfants à problèmes ? Et mille autres questions encore qui auraient contribué au rétablissement d'une situation banale, tant de fois vécue : un père inquiet pour son fils, un médecin qui le comprend. Rien de tout cela. Le seul mot prononcé mettait en cause tout l'édifice.

— Pardon ?

Je reculai jusqu'au mur. Non parce que j'avais peur, mais pour la distance, comme si le fait d'embrasser du regard le bureau tout entier était pour moi-même une mise en condition, une occasion d'entendre ma propre voix, de mettre mes idées en place.

— Docteur, vous vous trompez. Je ne suis pas anthropologue, mais je suis tout de même le père de l'enfant.

— Je ne vois pas ce que cela change…

— Tout simplement que je l'ai observé. Et qu'il n'a rien d'un enfant de Néandertal. Ces hommes étaient presque semblables à nous, vous le savez. Les différences étaient physiques, surtout la corpulence et la face crânienne aux orbites circulaires et bourrelets sus-orbitaires saillants. Mais le volume cérébral était comparable au nôtre. Si ce que vous dîtes était vrai, mon fils pourrait pratiquement mener une vie normale, apprendre, parler, être éduqué. Je crois que vous cherchez à me rassurer.

— Écoutez, je ne suis pas anthropologue non plus. Mes collègues ont pu influencer mon jugement. Je crois honnêtement que ce n'est pas le problème. Il faudra vivre avec, et j'ai confiance. Je vois que vous prenez les choses avec calme et réflexion.

— Pour vivre avec, il me faut savoir. Docteur, je veux tout savoir sur la nature de mon garçon.

— C'est bien la première fois que je m'adresserai ainsi à un parent… Pourquoi ne pas vous rendre au Musée national, à Beijing ?

Je restais muet. Les pensées les plus sombres traversaient un esprit déjà trop occupé par les mots que j'allais prononcer en revenant dans la chambre. De quel haut degré de calme et de sagesse devrait faire preuve Li Na pour affronter la situation.

— Quant aux soins, il n'y a rien de particulier. Mais j'ai contribué à le mettre au monde, et bien que je ne puisse le garder ici, je resterai à votre disposition pour le suivi médical.

Le docteur avait dû contacter la surveillante, Li Na avait son bébé sur le ventre. Elle m'accueillit avec un grand sourire. Je n'eus aucune peine à lui rapporter les événements, elle savait tout, comme d'habitude. En prenant même un malin plaisir à terminer une phrase, ou à décrire avec précision un détail que dans ma précipitation je n'avais pas souligné. Le Musée national ? Oui bien sûr, car il fallait savoir. Mais l'essentiel n'était pas là. Aimer notre garçon serait la meilleure façon de le comprendre. Elle s'arrêta, prit à pleines mains la tête du petit en la soulevant jusqu'à ce que leurs nez se touchent. Pour suivre le mouvement, le petit corps s'était déplacé sur la poitrine de sa mère, et ses jambes, arquées et écartées, voulant aider peut-être, continuaient de pédaler dans le vide.

— Zhu, qu'est-ce que j'ai dit, à l'instant ?

— Qu'il fallait l'aimer, que ce serait la meilleure façon de le comprendre ?

— Non. Pas qu'il *fallait* l'aimer. Je veux dire : l'aimer, tout simplement. Et aussi que c'est la seule façon. La seule.

Au Musée national, je n'appris pas grand-chose. Le docteur avait parlé de *Homo Neanderthalensis*. Ici, aucun fossile de cet homme n'était visible, mis à part quelques dessins d'artistes qui montraient un développement des bourrelets sus-orbitaires qu'on aurait pu comparer avec ceux du bébé. Mais pour en savoir plus, vu qu'ici l'homme de Néandertal était un inconnu, il aurait fallu me rendre là où il vivait il y a plus de 50 000 ans, en Occident, et particulièrement au musée de Düsseldorf, près de la vallée de Neander, en Allemagne. Trop loin, trop cher en temps et en argent. Il fallait me contenter des fossiles exposés ici, les « nôtres », car il faut bien reconnaître que nous sommes par tradition bien ignorants de ce qui existe au-delà de nos frontières. Pour nous en Chine, le paléolithique est exclusivement chinois !

Me promenant dans les galeries, je m'arrêtai d'abord devant une rangée de crânes attribués à l'Homme dit « de Pékin », un Homo Erectus (qui vivait entre 780 000 et 400 000 ans) dont les restes ont été retrouvés sur le site de Zhoukoudian. Deux crânes posés côte à côte attirèrent mon attention : ceux de l'Homme de Yunxian. Il vivait en forêt il y a un million d'années, parmi les mégacéros, les rhinocéros et les buffles, et devait craindre d'être surpris par le terrible tigre aux dents de sabre.

Plus j'avançais, plus je remontais dans le temps. Les dernières vitrines exposaient les restes de créatures plus anciennes encore. Une simple calotte crânienne témoignait de l'existence, il y a 1,63 million d'années, d'un être du genre Homo dénommé l'Homme de Lan tian découvert dans la province du Shaanxi dans les années 60. C'était le dernier crâne présenté. Les restes humains les plus anciens étaient deux incisives fossilisées de l'homme de Yuan mou, datant de 1,7 million d'années.

Les vitrines suivantes ne concernaient plus les hominidés, mais les pongidés, les anthropoïdes… Finalement, je me demandais ce que j'étais allé chercher au musée. Ces fossiles humains étaient exclusivement ceux d'adultes, les ossements d'enfants étant plus fragiles ne supportaient pas l'usure du temps. Comment comparer alors la forme du crâne d'un nouveau-né d'aujourd'hui avec celle d'un adulte ayant vécu au pléistocène ?

Je terminai ma visite dans la galerie d'art, qui présentait exclusivement des dessins et des peintures montrant comment l'homme moderne imaginait ses lointains ancêtres. Je commençais à m'habituer à ces silhouettes massives, robustes, quand mes yeux s'arrêtèrent sur un jeune homme, du moins le voyais-je ainsi parce que ses membres étaient frêles, le tronc presque dépourvu de poils. L'expression du visage paraissait moins fermée, presque souriante. Il était représenté sur une bande dessinée, dans les positions diverses imposées par la vie quotidienne : départ pour la chasse, dépeçage du gibier, vie sous l'abri, mais jamais près d'un foyer. Il mangeait la viande crue. Sa femme était gracieuse, mais toujours occupée à quelque tâche : travail de la peau, taille de cailloux. C'était le plésianthrope, les savants l'avaient baptisé *homo habilis* et l'étiquette apposée près du moulage d'une molaire précisait qu'il se distinguait de l'australopithèque commun *robustus* par son aspect gracile. Il n'avait pas de descendant.

Je rebroussai chemin quand mon attention fut attirée par une affiche scotchée au-dessus de mon beau jeune homme. On y parlait de l'homme d'Harbin. Habitué que j'étais à examiner des objets minuscules, à scruter sur des gravures les plus infimes détails de notre longue histoire, l'information la plus importante m'avait échappé. Je reculai d'un pas. En lettres énormes, sur toute la largeur de l'affiche, s'étalait la question :

D'OÙ VIENT L'HOMME ?

Avec la précision que l'auteur de la communication serait le paléoanthropologue de renommée mondiale Liu Min en personne.

Li Na désirait quitter la clinique avant la date prévue. Les infirmières lui manifestaient de la sympathie, mais depuis qu'elles « savaient », elles préféraient lui laisser le bébé. Je lui donnais un coup de main pour la toilette, et pour le changer. J'en profitais pour l'examiner sous tous les angles. Comme la sage-femme l'avait prévu, il perdit quelques cheveux, surtout sur le devant. Les épaules, la poitrine et le ventre étaient duvetés, et comme la peau un peu rugueuse formait des plis, je n'aimais pas le voir tout nu, je lui enfilais sa grenouillère. Il ne pleurait jamais. Au contraire, il était d'humeur joyeuse et se laissait manipuler par tous les bouts en y prenant plaisir. Peu à peu je prenais confiance et commençais à jouer avec lui. Au-dessus du lit je le lançais en l'air. Il poussait de petits cris et fermait les yeux quand je le rattrapais. Ou alors je le faisais pivoter brusquement à gauche et à droite, en le maintenant sous les bras. Ses jambes n'étaient jamais pendantes, mais toujours fléchies, souples. Quand je le tenais ainsi, sa tête, comme celle des autres bébés, paraissait enfoncée dans les épaules. Et je regardais sa nuque allongée qui donnait à son crâne une forme aérodynamique, telle une goutte d'eau.

Au bout de quelques jours, ses yeux commencèrent à suivre les mouvements de mon doigt, surtout dans le sens vertical. Latéralement, il fallait que la tête opère une courte rotation. Il était temps de le laisser dormir, Tao n'était pas un jouet, me disait sa mère en fronçant les sourcils. Je le replaçais dans le berceau. Aussitôt il attrapait son orteil du bout des lèvres qu'il avait assez grandes et très mobiles. Il dormait très peu, et seulement la nuit. Dans la journée, les pleurs du bébé d'en face ne semblaient pas le gêner, il était calme, perpétuellement occupé à sa gymnastique. Il lui arrivait de s'énerver, alors il émettait des sons bizarres, comme des ronflements. C'est qu'il avait faim. Mais autant l'autre en face, un beau bébé braillard, était vorace, autant lui se contentait de peu. Tao était plus petit certes, et maigrichon, mais nous étions toujours déçus qu'il ne termine pas ses biberons. Il faut dire que la nourriture pour tous les parents du monde est un acte sacré, c'est la source de la vie. Du grassouillet on dit : « C'est un beau bébé ». Sous-entendu : il se nourrit bien, il résistera. De génération en génération, le maigrichon rappelle les années noires, les horreurs de la guerre.

Il faut dire que nos grands-parents avaient tellement souffert des privations sous l'occupation. Et même quand les Japonais sont partis, il fallut des années encore après la révolution pour que nos assiettes se remplissent. Je n'avais pas connu la guerre, mais quand je croisais le regard de Li Na, je pressentais qu'une rude bataille était engagée, et que pour la mener, nous n'aurions que l'amour.

À la maison j'avais bien fait les choses. Tout était prêt pour l'accueil du prince. Table à langer, baignoire portable, panoplie de barboteuses, sans oublier le nécessaire de toilette. Dans un coin de notre chambre, j'avais aménagé un espace pour le berceau, en bois exotique s'il vous plaît, surmonté d'un voile en soie imprimée bleue. Li Na se doutait bien de quelque chose, ce qui ne l'empêcha pas d'être agréablement surprise de voir son bébé si bien accueilli dans notre propre maison. Cet enfant était le nôtre, il vivrait donc ici, entouré de toute l'affection nécessaire à son épanouissement. Elle l'allongea dans son berceau. Puis elle libéra un coin de la grande armoire pour ranger les barboteuses que j'avais minutieusement déballées et alignées sur le lit.

— Regarde ce petit manteau comme il est trognon ! Tu as beaucoup de goût, Zhu. Peut-être un peu grand ?

J'avais choisi du premier âge, mais elle connaissait bien sa taille. Dans la tempête à la clinique, je n'avais pas noté ses mensurations : un kilo huit cent et quarante-deux centimètres. Au même âge j'en comptais dix de plus sur mon carnet de santé.

— Peu importe, on lui retroussera les manches !

Il commençait à couiner. Elle courut à la cuisine. Je la suivis pour lui indiquer où j'avais rangé les biberons.

— Tu sais, samedi j'irais bien écouter Liu Min au musée…

Li Na réglait le thermostat. Elle se redressa.

— D'où vient l'homme… hein dis-moi, d'où vient l'homme ?

Nous éclatâmes de rire.

— Décidément, je ne te surprendrai jamais. Mais comment as-tu appris…

— Mon petit doigt. Les femmes ont un sixième sens, mon cher. J'aimerais t'accompagner, le sujet pourrait m'intéresser.

— Et le petit ?

Elle coupa le thermostat, roula le biberon chaud dans une serviette et, du menton, m'indiqua la direction de la chambre. Elle parlait derrière moi, sa voix résonnait dans le couloir :

— Voilà dix mille ans l'homme, ou peut-être la femme on ne saura jamais, a conçu l'idée de la roue. Longtemps après, certains véhicules en ont été équipés. C'est le cas de la poussette.

— Tu tombes à pic : elle est commandée. Et puis, si Liu Min a un moment…

Elle redressa le petit, mais le laissa attraper lui-même la tétine.

L'objet de la conférence était d'éclairer le public sur les événements importants qui se déroulèrent en Europe et en Asie il y a un peu plus de 100 000 ans. Sur la contemporanéité et peut-être même une supposée cohabitation entre *Homo neanderthalensis* et Homo sapiens. Rien d'extraordinaire jusqu'alors, si ce n'est que quelques mois auparavant, un crâne bien conservé avait fait sa réapparition après une histoire rocambolesque : découvert en 1933 à Harbin dans le Heilongjiang en Mandchourie, il avait été caché par une personne bien inspirée, pour le protéger des envahisseurs japonais. Réalisant l'importance de l'objet, les descendants de cette personne venaient de le transmettre au monde scientifique. Le crâne était vieux de 146 000 ans, il appartenait à un chasseur-cueilleur d'une cinquantaine d'années. Son aspect ressemblait plus au nôtre qu'à celui des Néandertaliens, son visage était large, laissant deviner des pommettes délicates et plates. Après observation de ces nouvelles caractéristiques, on supposa que l'homme d'Harbin partageait avec nous un ancêtre commun plus récent que les Néandertaliens. Bien sûr, la question des relations avec Néandertal, et celle de nos rapports génétiques avec ce nouvel homme était sur toutes les lèvres. Voilà tout ce que nous apprîmes au cours de la conférence.

Une dame semblait intéressée par Tao. Elle se pencha longuement sur la poussette. Elle conversa avec son mari. Liu Min avait rangé ses papiers et débranché son micro. Je le suivais du regard, craignant qu'il ne s'échappe par une porte de service. En même temps, je gardais un œil sur Tao. Pendant le discours il avait été très sage, toujours occupé à sucer ses pieds. Les auditeurs s'étaient levés et gagnaient la travée principale qui menait à la sortie. Ils passaient devant le petit. Les femmes jetaient un coup d'œil rapide. Le couple était encore là. Par instants, l'un d'eux se redressait, regardait tout autour. Ils avaient procédé à un examen minutieux, au moins de ce qu'ils pouvaient voir de notre fils : la taille, la couleur des cheveux, les mimiques. Ils s'impatientaient un peu. Li Na se leva. Elle avait remarqué le manège, je la suivis. Le mari était en retrait. C'est la dame qui entama la conversation :

— Bonjour, vous allez nous trouver bien indiscrets…

Je l'interrompis aussitôt, car le conférencier se dirigeait vers la sortie. Je lui adressai un petit signe de la main.

— Professeur, permettez-moi de vous remercier. J'ai autant appris aujourd'hui sur l'histoire humaine que tout ce…

— Vous savez, les gens qui font le déplacement au Musée national constituent le meilleur public qui soit : il y a aujourd'hui un regain d'intérêt pour le passé, les origines. Cela ne peut qu'encourager la recherche.

Tout en parlant, il avait remarqué notre groupe. Sa voix changea d'intonation, il esquissa un sourire.

— Et je vois que la paléontologie intéresse les très jeunes ! Je peux ?

Il s'était adressé à la dame qui semblait monter la garde près de la poussette.

— Ce bébé est au monsieur, je crois…

Je pris Tao dans mes bras.

— Je vous présente mon fils, professeur.

Les informations à la radio n'étaient pas bonnes. Surtout pour nous. La nouvelle s'était répandue que des personnes soignées contre le virus avaient mis au monde des enfants « pas comme les autres » que certains journalistes en Occident avaient osé qualifier « d'enfants d'avant ». La peur de l'enfantement commençait à gagner les jeunes couples. On notait déjà une baisse de la natalité en Amérique et en Europe. Quant à l'Afrique, un humoriste avait dit que c'était un mal pour un bien, vu la surpopulation sur ce continent, et les conséquences d'une invasion possible de l'hémisphère nord par des millions de migrants affamés sans foi ni loi. Au contraire, chez nous, le taux de natalité étant déjà très bas, la presse plus réservée et les réseaux sociaux mieux contrôlés, la menace était moindre.

Au Moyen-Orient et en Occident encore, entre trois et quatre milliards d'humains restaient fidèles à l'idée qu'ils étaient les descendants d'Adam et d'Ève. La soudaine apparition dans les maternités de bébés qui semblaient ne pas appartenir au genre humain, qui ressemblaient à certaines images qui prétendaient donner une idée de ce qu'était l'homme avant nous, risquait de dresser une partie du monde contre les pauvres parents, procréateurs d'êtres interdits. Et surtout profanateurs de la belle idée de la Création. En d'autres termes, on confirmait – en chair et en os – ce que les encenseurs de la théorie de l'évolution des espèces avaient imaginé.

Certes, les cas n'étaient pas si nombreux, ils restaient des « accidents » comme l'avait prévu l'épidémiologiste Wang Ping. Mais c'était déjà trop.

§

Ils sont tous là. Même la petite grand-mère à deux rangs devant moi, dans la travée. Après le décollage, l'hôtesse l'avait autorisée à dorloter le petit. Mes connaissances anthropologiques avaient formidablement progressé. Au premier coup d'œil : arcades faiblement prononcées, narines élargies, menton assez marqué, presque humain, c'était un enfant de l'Homme de Flores. La mémé n'en savait sûrement pas autant, à quoi bon ? La pauvre devait subir une terrible épreuve. Au moment où de tristes pensées me traversaient l'esprit, je supposais que je pouvais me tromper et que justement, les grands-parents étaient peut-être, dans une famille, les plus aptes à affronter dignement le problème. Leurs jugements sont moins péremptoires, l'expérience leur a appris à ne pas se décourager, et surtout ils vénèrent les enfants qui sont une partie d'eux-mêmes, un bout de leur âme, une occasion pour eux de se retirer en douceur, ou de rester encore un peu ? Et l'âge, qui entame la santé, l'énergie musculaire et la vivacité d'esprit n'empêche pas les sentiments. Les anciens ont beaucoup d'affection à donner. Le hic, c'est que mes parents à moi, ils m'avaient seulement adressé un gentil sourire. Quant à l'affection, elle les aidait seulement – entre deux voyages en Europe dans des boutiques de luxe – à décrocher le téléphone une fois par quinzaine pour me demander :

— Il va bien ?

— Mais à merveille, maman, il bouge, il mange, il fait dans ses couches. À dans quinze jours !

D'ailleurs, ici dans l'avion, tout le monde allait bien. Surtout les enfants. Nous étions bien cent personnes adultes. J'en connaissais deux : les Qiang, que nous avions rencontrés à la fin de la conférence. Ils étaient installés près de nous. Leur petit ouvrait de grands yeux, cherchant à déceler l'origine de tous ces bruits, cris et sifflements, qui étaient nouveaux pour lui. Son expression me rappelait un dessin que j'avais vu au musée. C'était le visage de l'Homme de Grimaldi. Mais madame Qiang avait confié à Li Na que les paléontologues étaient perplexes, son crâne ayant été déformé par une hydrocéphalie postnatale. J'appris par la suite qu'il s'agissait d'une fille, qu'elle se nommait Raffinée (*Wen* chez nous) et qu'elle serait classée néanderthalensis.

Je remarquais d'ailleurs une écrasante majorité de Néandertaliens. Je les devinais sans même les observer. Rien qu'à l'attitude des parents : hautaine. Les pires étaient les mères de bébés qu'on soupçonnait d'être dans un rapport très proche avec Cro-Magnon. Celles-là se trémoussaient, se permettant, sur le chemin des toilettes, de consoler untel ou une telle au passage :

— Vous savez, c'est le destin ma pauv'dame, je ne suis pas mieux lotie que vous.

L'une d'elles m'avait proposé de libérer une banquette pour que nos deux enfants puissent s'amuser. Elle revint avec son rejeton dans les bras, qui faisait des « GA, GA, GA… » à n'en plus finir, un blondinet assez mignon mais sans cheveux.

Li Na :

— Mais il est bien votre bébé…

— C'est aussi ce que je croyais jusqu'à l'analyse de son sang. Groupe sanguin inconnu. Comme par ailleurs son crâne et son anatomie sont normaux, et qu'il est beau…

Moi :

— Vous voulez dire que le mien…

— Non, je n'ai rien voulu dire, monsieur, ne le prenez pas mal, quand je dis « beau » je veux dire qu'il nous ressemble, qu'il est de la même lignée.

Je préférai me taire. Il faut dire que j'étais un peu à cran dans cet avion. Li Na n'avait pas montré beaucoup d'entrain depuis la proposition de Liu Min. Je mettais ça sur le compte de la fatigue physique, morale aussi. Elle était mère, et bien que j'assumasse ma part de responsabilité et de travail vis-à-vis du petit, une mère est toujours plus proche, plus inquiète de sa progéniture, et dans notre cas cela voulait dire quelque chose. Mais j'étais nerveux aussi, parce que Liu Min, contrairement à ses prévisions (« je ferai le voyage avec vous, j'y tiens beaucoup ») avait dû, pour des questions d'intendance, d'autorisations de séjour et autres, poser le pied en Afrique quelques jours avant nous. Nous, c'est-à-dire les parents des victimes, parents qui deviendraient vite, vu le climat, le dépaysement total, les conditions d'hébergement, les victimes de leurs propres enfants. Car c'était bien à cause de ces chers bambins qu'on allait se perdre dans un trou, c'est le mot d'ailleurs puisqu'il s'agit d'une faille, sans autre horizon que les intéressantes couches des ères tertiaires et quaternaires. Mon petit doigt me disait aussi, ou peut-être un silence embarrassé du professeur, bref quelque chose me disait que nous partions pour longtemps.

§

Nous sommes partis quinze ans. L'ironie du sort – était-ce vraiment le sort ? – voulut que la ville de Djimma en Éthiopie fût choisie pour l'établissement du Centre international de recherches anthropologiques. Pas seulement parce que Lucy avait été découverte à quelques kilomètres de là, mais parce que cette région, cette tranchée qui découpait quelques centaines d'hectares, gardait cachés les trésors qui allaient bouleverser la science des origines de l'humanité.

L'Éthiopie, je connaissais. Je l'avais quittée deux ans auparavant, avec l'espoir. Comme une cinquantaine d'autres personnes, je revenais dans ce pays, non pour des soins cette fois, mais pour mon fils, pour qu'il soit entouré, aidé, éduqué. J'y revenais aussi parce que Li Na le voulait bien et qu'elle s'était – après moi – rangée aux arguments de Liu Min.

Quinze ans, une longue et triste histoire. Quinze ans pendant lesquels elle a tenu secrètement son journal, évoquant l'éducation du petit, nos relations parfois difficiles, et aussi les péripéties de notre vie quotidienne pendant la construction et l'installation du Centre. Li Na estimait beaucoup le professeur. Et s'il était plus bavard avec moi, je crois qu'il était surtout attentif aux jugements de ma femme. Peut-être à cause de cela, j'ai confié ce journal au professeur. Il l'a gardé pendant plusieurs jours. Quand il est revenu, j'ai tendu la main vers le gros cahier, mais il le tenait – encore fermement. Et nous sommes restés un moment ainsi, seulement reliés par cet objet qui transmettait jusque dans mon bras et peut-être plus loin que mon bras, la respiration de cet homme, son émotion. Et puis ces mots que j'entendis, qui pénétrèrent au fond de moi-même :

— La science a fait un petit pas, et l'expérience sera menée à son terme. Quant à moi, je ne verrai plus jamais les choses comme avant. Votre épouse a ouvert mes yeux de petit garçon. Ce journal doit être lu, Zhu. Par l'humanité entière. Il raconte ma plus grande découverte, celle de moi-même. Les paroles de cette femme iront au cœur des hommes.

Je ne peux reproduire l'intégralité du contenu des cahiers qui ont été retrouvés dans le secrétaire de Li Na, à Djimma. J'étais tenté d'en rapporter des extraits, ce qui impliquait un choix personnel, une censure en quelque sorte. Au lieu de tronquer le journal, je préfère publier intégralement le dernier cahier.

§

LE JOURNAL DE LI NA

13 mars, anniversaire de Zhu. Pour le cadeau, je crois que j'ai visé juste, il est passionné de photographie. J'ai fait hier l'aller-retour Addis Abeba pour lui acheter un Leica M6c équipé d'un objectif Summilux de 50 mm ouvert à 1,4. Un cadeau que je n'aurais pas pu faire chez nous, car depuis l'épidémie, les produits venant d'Europe ne pouvaient franchir la frontière chinoise. À mon retour, j'ai caché le bijou dans un placard que Tao ne sait pas ouvrir. Ce matin, je suis descendue la première, et j'ai posé le paquet à côté de son bol. Bon anniversaire, mon chéri. Il a considéré le paquet, il l'a soupesé, il m'a attrapé par la taille. Qu'est-ce que tu as fait là ? Il m'embrassait, caressait mes cheveux. Il répéta la question, doucement dans le creux de mon oreille. Il faut bien le fêter cet anniversaire, et puis tu ne sais pas ce qui se cache dans ce… je disais cela, mais j'étais sûre du contraire. Le petit sautait sur le canapé et s'impatientait, il n'avait encore rien mangé.

— Tao, Tao ! … Tao ! Regarde ce que maman…

Mais Tao sautait toujours et poussait de petits cris de pauvre gosse affamé. Zhu coupa le ruban et souleva le couvercle de la boîte sobrement décorée aux armes de Leitz camera GMBH. Il était pâle, sa main tremblait. Tao sautait et criait plus fort, mais je restais assise, ne voulant rien perdre de l'émotion de mon mari. Il lui fallait encore ouvrir la protection thermosoudée du boîtier. Il sortit l'appareil du sachet, le tenant fermement entre ses mains. Je lui apportai les ciseaux.

— Et tu l'as choisi noir, comment as-tu deviné ?

Je n'avais rien deviné du tout. Ses appareils étaient tous noirs. Je savais Zhu maniaque, et le vendeur m'avait déconseillé le chromage nickelé plus sensible aux rayures. Nous étions en contemplation devant cet objet, merveille du savoir-faire et de la technologie humaine. Moi, c'est le photographe que j'admirais, le Leica me renvoyait son image.

Et puis tout d'un coup, l'appareil disparut. Une bourrasque était passée. Derrière nous Tao sautait sur le canapé, l'appareil dans les mains. Je me levai discrètement. Zhu me fit un signe :

— Non, reste…

Zhu ne s'était pas retourné. Il savait que Tao tenait l'engin. Sur un ton détaché, sans aucune émotion dans la voix, il me demanda ce que j'avais prévu pour le petit.

— Dans le frigo, tout en haut.

Je n'osais pas lever la tête. Je l'entendais encore sauter, mais il ne criait plus. Le bruit sourd de la porte du réfrigérateur, puis plus rien. J'attendis encore. Les pas de Zhu s'étaient rapprochés, le petit ne sautait plus. Il suivit son père jusqu'à la table, renifla le contenu de l'assiette. Je ne voyais que son visage. Il me jeta un regard qui voulait dire, en gros : « Tu vois, je l'ai obtenu mon déjeuner ! »…

…ou qui ne voulait rien dire du tout. Zhu était impassible, debout derrière son fils, les mains dans le dos. Tao n'avait pas touché au contenu de l'assiette. Il se retourna, et l'appareil photographique apparut, dressé au-dessus de la table. Il fit :

— Han, han !

Zhu posa la main sur sa nuque, il s'accroupit.

— Merci. C'est toi qui me l'offres ?

Je crois qu'il avait les yeux mouillés, le père. Nous sommes devenus très émotifs.

Cet après-midi nous sommes allés manger le gâteau en forêt. Quelle heureuse journée ! J'aurais tellement aimé que notre enfant allume les bougies. Retour par le parc. Cent hectares ! Les ouvriers en terminent l'aménagement. Il a fallu détourner une rivière et creuser plusieurs points d'eau. La clôture est très haute, mais les futurs locataires pourront voir l'autre monde, car elle est grillagée.

14 mars : Seuls les Néandertaliens (et apparentés) seront lâchés ici. C'est pour bientôt. La clôture est presque terminée. Ce matin ils ont introduit des petits mammifères, souris, lapins, et aussi des gazelles. Le professeur a insisté pour qu'on ne laisse bien sûr aucune arme, ni aucun objet pouvant trop facilement remplir cette fonction. Ils ont laissé traîner ici ou là quelques brindilles, des fagots de bois sec et des silex. Nos scientifiques veulent savoir comment l'idée est venue aux humains de brandir une arme et de faire du feu. Comme si l'on ne savait pas que ces inventions ont été, pour beaucoup le fruit du hasard. Quant à reproduire le phénomène, des millions d'années seront peut-être nécessaires…

Aujourd'hui Tao a fait ses caprices. Il n'a rien mangé à midi, n'a pas voulu dormir. Ce qu'il veut, ce sont des câlins. Zhu l'a pris sur ses épaules et l'a emmené dans le parc. À son retour, il a reconnu que les scientifiques n'avaient pas tous un manuel d'archéologie à la place du cœur. Afin d'abriter nos rejetons d'un autre âge, les ouvriers construisaient des cabanes bien couvertes, une quinzaine sur l'ensemble du parc. Zhu les avait aidés à étaler de la paille sur les planchers. Ce qui amusa Tao qui fut le premier à se rouler dessus.

Rien dans le journal de Li Na entre le 15 et le 18 mars. Tao était peut-être souffrant, ou Li Na ?

19 mars : Voilà. Il nous reste à attendre, à observer. Des miradors munis de lunettes d'approche jalonnent l'enceinte du parc dans cette vallée où, un jour, commença l'aventure extraordinaire de l'humanité.

Tao est souffrant depuis mardi soir (retour du parc). Il a quinze ans. Pour nous c'est encore un bébé. Il a grandi, j'écris « grandi », mais sa taille est comparable à celle d'un Pygmée. Il en faudrait plus pour nous inquiéter. Le professeur, lui, exulte. Il l'avait prévu, persuadé qu'il est d'avoir découvert, vivant, le prétendant de Lucy qui mesurait un mètre dix.

20 mars : J'ai passé la soirée d'hier à converser avec Tao. Du moins j'ai essayé. L'échange n'est pas possible. Il est malin. Dès qu'il sent que mes paroles ne sont annonciatrices ni d'un câlin ni d'une sucrerie, il se détourne et fait des pitreries sur le canapé. C'est un grand enfant sans aucune volonté. Il attend qu'on lui apporte tout sur un plateau. Il m'en a fallu du courage, hier, pour ne pas le gifler. Nous n'avons jamais levé la main sur lui. Et pendant que je m'efforçais, par la douceur, les sourires, les grimaces, par les paroles ou les silences, par des chansons, que sais-je encore, par des gestes surprenants, des mimiques calquées sur les siennes, bref tandis que je tentais d'être la mère de mon fils, Zhu restait impassible, journal grand ouvert, calé dans son fauteuil. Il a changé. Je comprends que son enthousiasme ne soit plus celui des premiers jours. Mais il parle très peu, même avec moi. Tao nous épuise. J'ai un peu le cafard. Nous avons tout misé sur lui. Je me demande ce que nous faisons ici, dans cette vallée perdue, en compagnie d'un enfant qui nous pompe toute notre énergie, et qui n'évolue pas. Zhu est désabusé. Liu a remarqué notre tristesse. Il doit se poser des questions (plus délicates que paléontologiques, je suis méchante). Il vient souvent nous rendre visite. Je l'estime beaucoup.

24 mars : Demain, journée extraordinaire. Aujourd'hui Tao court partout.

25 mars : Néandertaliens lâchés dans le parc. Sont restés un long moment, groupés autour de notre bungalow. C'était au petit matin.

Tao dormait encore. Zhu était près de moi. Il n'avait pas son appareil. Je sais qui il regardait. Wen, la petite des Qiang. Elle vient souvent chez nous. C'est la copine de Tao. Le professeur a longtemps attendu, près de la porte entrouverte, que le groupe s'éparpille. Wen restait sur place. Elle nous interrogeait du regard. Je lui fis un signe de la main, alors elle se mit à pousser de petits cris répétés que je connaissais bien. C'est sa façon d'appeler Tao. Zhu a fait quelques pas et l'a embrassée affectueusement. Liu s'amusait de les voir :

— Attention, votre femme vous surveille !

Mais je sais que ses pensées étaient ailleurs. Il y a dans ce départ quelque chose d'inhumain, de cruel. Qui peut nous assurer qu'ils vont survivre ? Mille fois j'ai entendu que des médecins, des secouristes resteraient sur place, prêts à intervenir. Mais ce sont des enfants, pire que des enfants, des êtres sans défense à qui les hommes n'ont pu (ou peut-être pas voulu ?) transmettre le fruit de leur expérience d'adultes civilisés. Je crois avoir écrit, hier, qu'ils allaient nous quitter. En réalité, on les abandonne. Est-ce que tous ces nobles scientifiques ont seulement vu le regard déchirant qu'ils adressaient à leurs parents ?

26 mars : Après réflexion, je ne crois pas qu'ils aient eu tant de peine. Aucun n'a pleuré. Oserais-je l'expliquer par le fait qu'ils ne sont pas encore des humains ? Ce qui m'étonne, c'est que la « libération » programmée de ces enfants n'a soulevé aucun remous dans la communauté, ni du côté des anthropologues, ni du côté des parents. Peut-être n'ai-je pas été suffisamment attentive… Quant à moi, j'ai le cœur serré. Et je sais qu'en regardant Wen s'éloigner, Zhu n'était pas à son aise. Qu'adviendra-t-il de notre garçon ?

Depuis le début, je dissimule ce cahier. Ce n'est pas toujours facile. Heureusement il n'est pas d'un tempérament curieux. C'est aussi cela que j'aime en lui, il ne pose jamais de questions. Peut-être se doute-t-il ? Ce n'est pas tant l'intimité de ces confidences qu'il craindrait de découvrir, mais plutôt le caractère définitif, sans retour que confère l'écriture au drame que nous vivons.

27 mars : Je n'ai pas le temps. Tao malade. Rien de grave. Fiévreux, capricieux, et tout et tout. Mais j'ai entendu quelque chose, à écrire demain.

28 mars : Pas le temps. Discussion de la cantine, demain absolument.

29 mars : Zhu peu bavard. On s'est un peu disputés. Il s'occupe moins du petit. Peiné par le départ des « autres » ? Ce n'est pas une raison pour oublier le nôtre.

Avant-hier, j'ai surpris certaines conversations dans le bungalow qui fait office de cantine (il faut dire « restaurant »). Ils parlaient du singe. Je sais qu'il s'agissait de mon fils. Heureusement, je cerne mieux leur psychologie maintenant. Le terme ne cache aucune méchanceté. Tao est classé « pithécanthropus allalus », c'est-à-dire : sans parole. Ce n'est pas le cas des autres, qui ont enregistré et pratiquent un vocabulaire assez conséquent, résultat du travail conjoint de leurs parents et des éducateurs du Centre. Et aussi : de leurs capacités. Mais Tao, s'il comprend souvent nos intentions, et s'il sait se faire comprendre, n'a jusqu'à ce jour jamais formulé autre chose que des cris plus ou moins modulés.

De ce que j'ai pu entendre, le « singe » ne pouvait pas être mêlé aux Néandertaliens. D'abord parce qu'il faut interdire tout accouplement, qui constituerait une double aberration historique et scientifique (pourquoi pas morale, non plus, mais ça, ils n'osent pas le dire. Ou tout simplement ils n'y ont pas pensé…). La différence d'âge se compte en millions d'années. En outre – rigueur scientifique oblige – il faut lui épargner toute influence trop éducative qui pourrait lui permettre de brûler les étapes de la connaissance et de l'action ! Sur ce dernier point, ils peuvent toujours rêver nos scientifiques ! Non mais vous avez déjà vu des parents s'appliquant à ne pas donner trop d'éducation à leurs enfants ?

Je comprends maintenant le projet réel de Liu Min et de ses collaborateurs. L'observation des hominidés dans le parc n'est qu'une étape, un pis-aller. L'essentiel de l'expérience concerne le

« singe », monsieur Missing Link, le chaînon manquant. Le regard de tous s'était, dès le début, porté sur Tao. Ils l'ont photographié, filmé, enregistré sous tous les angles. Le moindre de ses gestes, éternuement, sanglot, bâillement, démangeaison… est devenu pour eux une manifestation extraordinaire qui cache une signification profonde. Je le crois aussi, sans être anthropologue. Mais eux d'un côté, et moi de l'autre, nous n'avons pas la même conception de la profondeur. Je souffre, ils analysent. Mais Liu est un homme de cœur, et aussi le plus clairvoyant. Quand il nous rend visite, il prend le petit et le fait manger avec beaucoup de plaisir, je crois même avec amour. Il doit venir, ce soir.

30 mars : Quand il est entré, il avait le visage des mauvais jours. Une mère avait changé d'avis et voulait reprendre sa fille, une pithécanthropus robustus. Il avait prévu ce type de situation. Certains parents avaient envisagé l'expérience « de loin ». Pendant plus de dix ans, quinze pour certains, ils s'étaient habitués à l'idée d'une séparation dans l'intérêt de la science. Ils se sacrifiaient pour l'humanité. Quelques-uns peut-être, sans le laisser paraître, se débarrassaient d'un poids tout en se rendant utiles.

Ce n'est pas le cas de tout le monde, la preuve. Liu n'a pas insisté, il a deviné que je comprenais les sentiments de cette dame. En même temps, il sait que je n'agirai pas ainsi. Peut-être me croit-il plus forte que je ne suis en réalité ? Zhu parle plus que moi, mais il cache son jeu. Il est mortifié à l'idée de perdre le petit, et le discours qu'il tient n'en laisse rien paraître. Il apprend la paléontologie auprès des chercheurs, s'inquiète de la construction et des aménagements du Centre, et le soir il dévore Leroi-Gourhan. Avant l'arrivée du professeur, je lui ai demandé de cracher le morceau, de me confier ce qu'il avait sur le cœur. D'après lui notre devoir est d'accepter ce que nous demandera Liu. Mais il craint ma réaction.

— Ma chérie. Tu as porté Tao dans ton ventre. Et si tu l'as porté, c'est qu'un jour un homme t'a aimée, un homme qui avait subi un traitement efficace contre une terrible maladie, un homme qui avait voulu cet enfant. Cet homme, c'est moi, et je n'aurai droit à la parole qu'autant que tu me le demanderas.

— …

J'aime Zhu depuis le premier jour, et sous la grandiloquence de ses propos, je sais qu'il y a une part de naïveté. Ses grandes phrases, ses élans du cœur, il les sait incapables de me tromper sur ses intentions. En fait, il ne dit rien. Il s'est donc résolu à l'abandon de Tao. Tout en me laissant l'initiative. Mais quelque chose a changé en moi, et bien que je ne formule jamais en sa présence la situation en ces termes, je considère que nous sommes trois. Et si ce soir Liu n'a rien demandé, c'est qu'il a compris, lui, que Tao ne partira pas. Ou alors…

13 avril : Zhu a développé son premier film « Leica ». Clichés bien exposés, planche contact très belle. Pour chaque cliché, sur une feuille jointe, il indique la date. Il veut réaliser un reportage complet sur l'installation et les activités du Centre. La première photo, en haut, c'est l'anniversaire. On me voit, assise au bout de la table, au moment où je lui dis :

— Prends aussi Tao avant qu'il ait fini le gâteau !

Sur les autres on reconnaît le petit, de dos, ou en très gros plan, mais complètement flou, car il ne tenait pas en place. Les autres clichés montrent les ouvriers qui élèvent une palissade. Le professeur en méditation devant un os minuscule. De poulet ? Malheureusement il ferme les yeux. Il y a aussi des vues de massifs de fleurs. Je n'ose rien dire, mais en noir et blanc… On ne voit pas les enfants. J'aimerais que quelqu'un nous prenne tous les trois, ensemble.

15 avril : Je n'ai plus envie d'écrire. De toute façon il ne se passe rien, de quoi parlerais-je ? Il s'éclipse toute la journée, il compte beaucoup d'amis, parmi les parents aussi. Il s'occupe de l'aménagement de l'école. Pour les *sapiens sapiens*, me dit-il en riant. Car les petits phénomènes lâchés en pleine nature ont laissé sur place des frères et des sœurs qui, jusqu'à présent, poursuivaient tant bien que mal leur scolarité chez les uns ou les autres. Ça lui rappelle la conquête de

l'ouest. Sauf que dans les westerns, les arrivants s'installent avant de faire des enfants. Nous, c'est parce qu'on a eu des enfants qu'on a construit ce village.

Voilà bien longtemps que je n'ai vu mon cher professeur. Un point à noter au chapitre « bilan positif » : Tao ne lèche plus, il embrasse. Baiser mouillé, mais baiser quand même. C'est un petit trésor.

16 avril : Matin. Zhu est sombre. La présence de cet enfant a tout changé dans nos rapports. Sans qu'il le sache, sans qu'il le veuille, son existence contrôle tous nos gestes, occupe toutes nos pensées. Nous aimons ce petit tyran, et l'amour que nous éprouvions l'un pour l'autre s'est émoussé, estompé, tel le paysage embrumé qui n'est plus visible que par son premier plan. Pourtant je sais que la place de Tao n'est pas ici entre nous deux. Nous avons voulu le protéger, lui donner sa chance. Il ne peut la saisir. La décision m'appartient maintenant. Liu ne me demande rien. Personne n'est coupable. Les choses se sont passées ainsi, c'est tout.

17 avril : midi. Je ne peux réellement me confier à quelqu'un. Mais j'ai conscience que, même dans ce journal, je ne dis pas tout. La postérité connaîtra une part des choses. Ça lui suffira bien, vu l'usage que Dieu lui-même fait de ce qu'il sait.

Soir. Je voulais lui écrire, mais je préfère le voir, et lui parler. Il m'attend. Je sens une certaine fébrilité parmi ses collègues. L'expérience risque d'échouer car Tao, au-delà de quinze ans, aura perdu toute faculté d'adaptation à un nouveau milieu.

18 avril : Land Rover, Zhu, Liu Min, Tao et moi. Nous devions partir à la première heure. Mais les conciliabules entre techniciens et géologues n'en finissaient pas. Le périmètre d'expérimentation était déterminé depuis des mois, mais le lieu de « lâchage » posait problème à cause de la rivière. Il ne sait pas nager. Aucune barrière, aucune contrainte autre que celle de la nature hostile. Peut-être essayait-il de nous réconforter, mais je n'oublierai pas le mot du chauffeur :

— Pour lui, c'est la liberté.

Voyez, il y a des larmes, là sur cette feuille. Des grosses larmes qui tombent et qui font des auréoles. Mon petit bonhomme, il est resté près de la portière. Son regard se portait sur chacun d'entre nous. Je me trompe. Pas sur moi. À aucun moment Tao ne m'a regardée. Je n'ai pas bougé. Si je l'avais fait, ç'aurait été pour le prendre, le serrer, le porter à nouveau dans la voiture. Il ne m'a adressé ni un « han », ni un coup d'œil.

Liu m'avait demandé si nous désirions rester seuls, un moment, tous les trois. Ce n'était pas nécessaire. Un abandon est un abandon. Ne faisons pas semblant. J'ai pris la décision toute seule. Donc je resterai assise sur ce siège. Et maintenant il faut qu'il parte. Il est allé un peu plus loin, mais c'était vers le camion qui nous suivait avec le matériel de son et de prise de vues. Subitement je pensai à Wen. Pourquoi n'avait-on pas fait ce geste ? La petite aurait veillé sur lui. Ils se seraient aimés. Il a dépassé le camion, et là, il a surpris tout le monde, il s'est écarté de quelques mètres en balançant les bras, et d'un bond il a disparu dans le sous-bois. Les moteurs ont tourné.

18 avril : 9 heures. Je suis seule. Premier soir de solitude depuis quinze ans. Il me tenait compagnie, ou je le regardais dormir. Oui, quand il était tard, je le regardais dormir. Zhu était souvent absent, comme ce soir. Ils attendent le développement du film. Je ne le verrai pas. Mon fils ne s'est pas donné en spectacle. Il a obéi aux hommes. Peut-être a-t-il compris ce qu'ils attendaient de lui. Ceux qui verront ces images… Liu pleurera comme un enfant. Et tous se demanderont : où est l'intérêt scientifique ? Puisqu'on ne le retrouvera jamais vivant, où était vraiment l'intérêt scientifique ? Alors peut-être se poseront-ils des questions sur sa mère. Qui était assise dans la Land Rover, et qui attendait. Sa mère attendait. J'attendais, assise dans cette voiture, et je l'ai regardé froidement, car ma décision avait été prise froidement. Et je vois que je suis capable d'écrire, de rédiger des phrases, de conjuguer des verbes, d'accorder ce qu'il faut accorder. Et où va-t-il dormir ce soir, ça aussi je peux l'écrire, et je peux le dessiner ce point d'interrogation : ? Dans un trou, sous un buisson, il cherchera le trou,

et il poussera des petits cris de contentement qui veulent dire « ah je l'ai trouvé ! » Mais, mon cher professeur, je ne suis pas sûre qu'il les poussera ces cris, car quand il les pousse, c'est qu'il s'adresse à quelqu'un, vous, moi, son père. Et dans la forêt aucun être au monde n'entendra Tao car quand il a faim il ne le dit pas, il ne le dit jamais. Aura-t-il au moins son Sauveur le petit bonhomme ? Le premier sauveur possible est à vingt kilomètres et deux cents mètres de son point de chute. Ce n'est rien les kilomètres. La plus longue distance à parcourir est celle qui sépare le cœur et les muscles. Les muscles qui restent flasques, mous, morts. Ou les muscles qui se tendent et qui agitent les bras et les jambes qui font un pas et qui courent, loin, qui courent vite, et les poumons qui gonflent, le cœur leur dit « allez, gonflez encore ! ». Et les kilomètres qui deviennent plus petits, qui ne séparent presque plus rien. Et qui n'existent plus.

FIN DU JOURNAL DE LI NA

§

Le soleil descend sur la terre. Mais la terre, je ne peux pas la voir, l'énorme boule rouge s'éclate sur les mille facettes des tours de Tianjin. C'est ici que je finirai mes jours car j'ai besoin des gens, il faut que je sois entouré de monde. Pour oublier. Non, je sais que je n'oublierai pas. Li Na est partie. Et Tao. Elle était ce que j'avais de plus cher au monde. Li Na, comme une déesse dans sa longue robe rouge, et le maire devant nous, « oui » pour toujours. Et notre enfant ne vivra que dans mon imagination. Peut-être que le destin s'est trompé. Il nous a blessés cruellement. Je regarde cette dalle à mes pieds où les passants promènent des ombres gigantesques. Si la terre était nue, ici même, il y a des millions d'années, le soleil dessinait déjà des silhouettes.

Au-delà des tours, je devine le Grand Canal qui s'écoule lentement. Il emportera mes pensées jusqu'à la mer, et l'image de cette femme qui tient son enfant dans les bras. Ces deux corps enlacés, réunis pour toujours entre les arbres. Et le regard de Liu Min, comme s'il ne voyait plus qu'à l'intérieur de lui-même. Il avait fait quelques pas, avait pris ma main, l'avait serrée fortement. Nous sommes restés longtemps dans ce sous-bois, sans rien dire. Les autres, discrètement, s'étaient éloignés, formant un cercle. Dans un silence religieux, à peine troublé par les cris de la forêt, nous étions recueillis. Une fois, deux fois, il tenta de dire un mot, puis se ravisa. Se rappelait-il la découverte de Pincevent, en Europe, cette femme protégeant son enfant dans le creux de son corps ? Je lui aurais parlé de l'amour, du sentiment maternel ? Non, je n'aurais rien dit de tout cela. Car le spectacle que nous avions sous les yeux n'appelait aucune parole, aucun jugement. Et nous n'avons rien dit.

Aucune photo n'a été prise. Aucune cérémonie. Les corps ont été ensevelis à quelques mètres de là, à l'écart des racines, dans la position qu'ils avaient eux-mêmes choisie. Sous mes yeux, Liu les recouvrit de terre, cette même terre qui, il y a trois millions d'années, préserva le corps de la petite Lucy.

§

JUTTA

Avant la guerre à Berlin, Sandra Eckl travaillait à la fabrication des freins pour tramways. Ensuite, l'entreprise se reconvertit pour se consacrer exclusivement à la production de pièces mécaniques pour les chars de combat. L'usine devint une cible pour les bombardements alliés, dont plusieurs de ses camarades de travail furent victimes. Au fur et à mesure de l'avancée de l'armée rouge, la peur gagnait le personnel composé essentiellement de femmes, hormis quelques officiers démobilisés ou handicapés. Dans la capitale, avec le Volkssturm[3], le dernier salut pouvait-il venir de ces jeunes gens de quinze ans armés certes, qui se battaient quartier par quartier, maison par maison, mais sans aucune expérience de la guerre ? Les rumeurs se répandaient, qui présageaient de terribles méfaits qui pourraient être commis par les Russes dans les villes conquises. Ces villages incendiés, rasés par les commandos nazis, que les soldats soviétiques avaient traversés n'avaient-ils pas animé chez eux un sentiment de vengeance ?

Molotov s'était adressé en ces termes aux peuples de l'URSS le 22 juin 1941 :

---

3 En 1944, le *Volkssturm* était une milice populaire qui devait soulager la Wehrmacht dans la défense du territoire. Elle était composée d'hommes quelquefois âgés, qui n'avaient plus leur place dans l'armée. Ils étaient surtout entraînés au maniement d'armes légères, en vue du combat de rue.

« Cette guerre ne nous est pas imposée par le peuple allemand, par les travailleurs, les paysans, les élites intellectuelles allemandes dont nous connaissons les souffrances, mais par la clique sanguinaire des potentats fascistes. »

Comment cette sagesse pouvait-elle être partagée par les fantassins soviétiques de base, au moins par une partie d'entre eux ? Comment pouvaient-ils faire le partage entre les bons et les méchants allemands alors qu'en parcourant les ruines de leur pays, ils se rendaient compte des atrocités qui y avaient été commises ?

L'arrivée de l'armée rouge dans la capitale fut vécue par les Berlinois, en particulier les femmes, comme un cauchemar. Sandra Eckl vivait seule depuis la disparition de son mari Jürgen sous les bombes à Caen en Normandie. Elle préparait son maigre dîner quand on cogna à la porte. S'attendant au pire elle fut tentée, comme le faisaient ses amies, de se réfugier dans la cave, ou tout en haut de l'immeuble, elle avait appris que les Russes ne connaissaient pas les habitations à étages et qu'ils n'y poursuivaient jamais les femmes. Mais c'était déjà trop tard. Il aurait fallu passer par l'entrée. Elle se dit qu'ils auraient bien été capables de défoncer la porte. Elle entrouvrit celle-ci en esquissant un sourire. Ils la saluèrent en montrant du menton l'intérieur du logement. Ils passèrent devant elle, l'un d'eux posa une bouteille de schnaps sur la table. Ils avaient faim, mais furent vite déçus en voyant le sobre repas qu'elle avait préparé. L'un des deux sortit, espérant sans doute trouver à manger ailleurs. L'autre s'installait. Il enleva sa veste, posa son arme et ouvrit la bouteille. Elle comprit qu'il l'invitait à partager le schnaps avec lui. Elle alla chercher deux verres. Peu habituée à l'alcool, Sandra Eckl dut sombrer dans une demi-inconscience. Il reprit son pistolet et le pointa sur elle. Elle ne se souvient pas de ce qui se passa dans l'heure qui suivit. Elle fut secourue par des voisines alertées par les bruits de pas dans l'escalier. Le soldat ne fut bien sûr jamais identifié, encore moins retrouvé.

Sandra aurait pu avorter, comme beaucoup de femmes violées par les Russes (la loi interdisant l'avortement étant à cette occasion adoucie) mais elle garda le bébé. Elle éleva seule Jutta pendant quatre ans, puis en compagnie de son nouveau compagnon Georg Küng. Comme beaucoup d'enfants nés pendant la guerre, la petite resta longtemps rachitique, mais fut soignée et bien élevée par sa mère et son beau-père. Celui-ci considérait Jutta comme sa propre fille. Professeur d'allemand et de lettres classiques, il se fit un devoir de lui apprendre à lire, de l'aider dans son travail scolaire et, quand elle entra au collège, de l'initier à la culture germanique, en s'efforçant de lui montrer que celle-ci n'avait pas été effacée par douze années d'obscurantisme nazi. Il lui lisait quelques pages des philosophes des Lumières, John Locke, Emmanuel Kant et Jean-Jacques Rousseau. Sandra écoutait aussi, elle qui avait quitté tôt l'école pour gagner des sous en usine et qui découvrait grâce à Georg un monde captivant incarné par des mots d'une grande beauté : liberté d'opinion, tolérance, parlementarisme, contrat social, justice, éducation, connaissance… Mais elle jugeait que sa fille était encore trop jeune pour comprendre. D'ailleurs, comme nombre d'enfants, si Jutta restait attentive quand Georg parlait, c'était surtout parce qu'il était son père et les mots qu'elle entendait la berçaient comme une douce musique.

Jutta avait quinze ans en 1961 quand il y eut des tensions à Berlin. Khrouchtchev avait proposé d'en faire une ville libre, démilitarisée. Les Alliés comprirent le piège, craignant que Moscou intègre la capitale allemande dans sa zone d'influence, ils rejetèrent la proposition. Mais l'angoisse gagna les Berlinois dont beaucoup se réfugièrent à l'ouest. Cela ajouta au désordre et créa un climat d'insécurité dans la ville. Georg hésitait à partir, il était bien à sa place au lycée, son salaire suffisait pour leur vie à trois. Jusqu'au jour où Jutta ne rentra pas à la maison. Le désordre était tel dans la ville que, malgré l'insistance de ses parents, la police ne fit aucun effort pour retrouver la jeune fille. En plus, des barbelés se montaient entre les zones, et comme l'école de Jutta était côté britannique, du jour au lendemain, on pouvait penser que la collégienne était passée dans « l'autre monde ». Au mois d'août, en un temps record, un mur en béton fut édifié entre les gens, arbitrairement, séparant les amis, les familles, sectionnant une grande ville, un peuple. Où était passée Jutta ? Comme beaucoup de berlinois Georg et Sandra vivaient très mal cette situation, mais eux avaient perdu leur fille.

1975, Erfurt en Thuringe, République démocratique allemande. Le soleil tente une dernière fois de percer à travers les vitres du Krämerbrücke[4] qui, à cheval sur le Breitstrom, à deux mille kilomètres de Florence, se donne des allures de Ponte Vecchio. Une jeune femme et un homme arpentent l'étroite ruelle qui longe le pont entre les boutiques. On vend de tout, du tissu, des verres soufflés à la main, des céramiques décorées et des figurines sculptées en bois, sans oublier toutes sortes de spécialités culinaires. Ça les change de leur triste « Krämpfer Viertel » où se dressent des tours gigantesques qui abritent des milliers d'appartements. Jutta pourrait s'y faire des tas de copains, se mettre en bande comme c'est l'usage dans cette banlieue. Mais il n'y a qu'une personne en qui elle a confiance : Andreas. Ils ont la même passion : le cambriolage. Ils ont écumé les quartiers alentour, récupéré beaucoup d'argent, des objets de valeur, du matériel hi-fi. Mais cela ne leur suffit pas, il leur faut de l'or. La solution : aller voir ailleurs.

Le Krämerbrücke est un attrape-touriste, la police rôde, l'œil sur les petits voleurs à la tire sans ambition. Jutta et Andreas ont

4 À Erfurt en Thuringe, d'une longueur de 120 mètres, le *Krämerbrücke* est le plus long pont habité d'Europe. Il enjambe le Breitstrom, un bras de la Gera. On peut le comparer au Ponte Vecchio qui, à Florence, enjambe l'Arno.

d'autres visées. Une proie à laquelle ils n'avaient pas pensé : les vieux. Ceux-là ne dépensent rien, gardent leurs sous et possèdent de belles choses qu'ils ont accumulées au fil du temps. En traversant la Leipzigerstrasse, s'engageant dans une ruelle sombre, ils tombent sur une « Altersheim », maison de retraite quelque peu délabrée. Des personnes invalides se promènent en fauteuil dans l'espace clos d'un jardinet. Ils font instantanément demi-tour, ce n'est pas là qu'ils feront fortune. Ils tournent ainsi longtemps dans la ville quand, feuilletant une pub dépassant d'une boîte aux lettres, ils apprennent que des pavillons individuels ont été construits dans un nouvel espace arboré près de l'église St André.

Le quartier est calme, la nuit bien noire. Il faut dire qu'à trois heures du matin… Jutta et son copain lorgnent sur cette petite maison coquette avec jardinet, bien repérable grâce à l'éolienne et aux nains qui montent la garde sur la pelouse. Un coup d'œil sur la rue et le voisinage, le portail est vite enjambé. Ils s'approchent en évitant de piétiner les gravillons de l'allée trop bruyants, et après avoir testé les volets bien fermés, Andreas, fidèle à sa technique, crochète la serrure de la porte d'entrée. Pistolet en main, lampe de poche dans l'autre, Jutta passe la première. Ils pénètrent dans la cuisine, puis dans la salle de séjour, où trônent sur les étagères quelques objets sans intérêt, sans parler des livres derrière les vitrines de l'immense bibliothèque, bref rien d'extraordinaire. La lecture n'a jamais constitué pour la jeune femme un passe-temps favori. Tous deux cherchent autre chose.

— C'est toujours dans la chambre qu'on cache les bijoux !

Andreas :

— Mais s'il y a quelqu'un ?

Elle montre à son copain ce qu'elle a dans la main.

— Avec celui-là, ils ne vont pas broncher ! Attends-moi là, surveille à la porte, regarde si c'est OK dehors.

À pas feutrés elle entre dans la chambre. Tout est calme. S'il y a quelqu'un, il dort profondément. Mais le parquet craque. Une femme se réveille, éblouie par le faisceau de la lampe. De la main elle se protège le visage.

— Qu'est-ce que c'est ? Que faites-vous là ?

Elle réveille son compagnon. L'homme se redresse.

— Comment…

— M'sieur dames, bonjour. Vous allez me dire gentiment où sont cachés les bijoux !

La dame est interloquée. Cette voix… Mais la lumière les aveugle. Elle ne distingue qu'une silhouette qui se dirige vers la table de nuit. Son mari a le réflexe d'allumer la lampe de chevet.

— Jutta ?

Alors qu'elle commençait à fouiller dans le tiroir, la jeune fille se redresse. C'est Andreas qui l'appelle :

— Jutta ! C'est trop long ! Ça bouge dans la rue ! On se casse !

Tous feux allumés, la voiture de police est devant le portail. Trois hommes en sortent, ils cueillent les deux cambrioleurs au pied du perron. Ils n'ont pas eu le temps de se débarrasser de leurs armes.

Au poste ils déclinent leur identité. Leur signalement correspond à ces deux personnes recherchées pour vol dans le quartier St André. On les informe de ce qui les attend, en raison du port d'arme, au moins cinq ans de prison, avec un bon avocat. Ils passent leur première nuit en cellule, n'osant pas communiquer, craignant la présence d'un micro. Au matin, on vient chercher la jeune femme. Elle ne reverra plus jamais Andreas. On la conduit à Eisenach, le fourgon s'arrête devant un petit immeuble dont l'entrée est surmontée d'une décoration aux armes de la *Staatssicherheit*[5]. On l'introduit dans un bureau où l'attendent deux femmes en civil.

— Vous êtes bien Jutta Küng, fille de Sandra et Georg du même nom ?

— Oui.

— Vous avez pris beaucoup de risques. D'abord le vol avec arme, en outre chez des personnes âgées, par définition sans défense. D'après nos calculs, vous ne sortirez pas de prison avant l'âge de cinquante ans. Votre vie est foutue.

— Elle l'est déjà depuis longtemps.

— Vraiment ? Vos parents ont bonne réputation, votre père est un excellent professeur, estimé même au-delà du lycée, dans le monde de la culture. Il n'a pas dû être un mauvais père. Quant à votre maman, sa vie n'a pas été facile au sortir de la guerre, mais elle a surmonté toutes les épreuves.

Jutta se demande bien comment ces femmes ont pu apprendre tout ça. On ne lui laisse pas le temps de répondre.

— Pardon, je me trompe. Elle n'avait pas encore surmonté toutes les épreuves. Jusqu'alors, jamais sa fille ne l'avait menacée, une arme à la main.

---

5 *Staatssicherheit* : sécurité d'état, Stasi en abrégé, elle était « le bouclier et le glaive du parti ».

— En entrant, j'ignorais que mes parents habitaient là. C'est quand j'ai vu leurs visages…

Derrière le bureau les deux femmes échangent un regard. L'une écrit quelque chose sur un papier et le tend à sa collègue.

— Les Küng se sont rendus au commissariat d'Erfurt à la première heure, ce matin. Ils sont effondrés, ne comprennent pas ce qui leur arrive… leur propre fille…

Jutta ne réagit pas.

— Entendez-vous ? Je dis qu'ils sont effondrés.

La jeune femme, toujours debout, s'appuie d'une main sur le bureau. Les femmes remarquent la pâleur de son visage. On lui approche une chaise. Elle s'assoit. Un peu perdue, elle ne trouve rien d'autre à dire qu'une sottise.

— Oui, ça a dû leur faire un choc.
— C'est tout ?

Elle est à bout de paroles. Des milliers d'images défilent dans sa tête. Son père qui lui fait la lecture. Un mot, qui résonne en elle-même, allez savoir pourquoi, peut-être sa sonorité, sa complexité, un mot qui n'a rien à voir avec la situation : *parlementarismus* ! Et sa maman qui reprochait à son père d'entrer dans des explications compliquées, mais qui les écoutait quand même. Andreas, avec lui ce sera fini, la prison jusqu'à cinquante ans, ça elle l'avait retenu. Cinquante ans !

Les deux femmes se rendent au bout de la pièce et se concertent. Celle qui interroge revient face à Jutta.

— La prison vous fait peur.

La femme fait le tour du bureau. On entend des bruits de voix. C'est dans la pièce à côté. Comme des disputes. Ils n'ont pas l'air d'accord. Elle revient.

— Il y a peut-être une autre solution. D'abord, la moindre des choses, vous allez vous excuser.
— Au commissariat ?
— Non. Là où vous avez commis le délit. Chez les Küng. Puisque ce sont les personnes à qui vous devez tout, chez qui vous êtes entrée par effraction, que vous avez tenté de cambrioler, que vous avez menacées…
— Ils ne vont pas comprendre.
— Oh que si ! En 1961 ils ont perdu une fille qu'ils avaient éduquée avec amour, qui était ce qu'ils avaient de plus cher. Et la voilà qui réapparaît quatorze ans après, pistolet en main, pour leur voler des bijoux. Ils sont assez intelligents pour comprendre que la nature humaine est compliquée, que les neurones que nous avons dans la tête ne sont jamais un acquis définitif.
— Je vais être libre d'aller les voir ?
— Non. Vous allez les voir. Point. On vous accompagne.

Jutta est assise à l'arrière de la Moskvitch entre deux hommes en civil. Du bout de la rue, la conductrice a repéré l'éolienne, elle stationne devant le portail.

— Descendez. Vous savez ce que vous avez à faire. Dix minutes, pas plus !

Le portillon est fermé. Quelque chose qu'elle ne fait jamais : elle sonne et attend. Une dame apparaît sur le perron. D'un coup d'œil elle a tout vu, sa fille, la voiture et les personnes à l'intérieur.

— C’est toi ?

Sandra ne descend pas les marches. Elle fait signe à Jutta d’ouvrir le battant en le poussant d’un coup sec, et de s’approcher. Toutes deux entrent dans la maison. La mère embrasse sa fille ;

— Viens, il est dans son bureau.

Georg n’a rien entendu. Il travaille. Quand la porte s’ouvre, il se lève et voit Jutta debout dans l’entrée. Le père et la fille restent figés. Puis il s’approche.

— Jutta !
— …
— Georg, il y a une voiture devant chez nous.

Jutta :

— C’est la police.
— Non. Ils sont en civil. Staatssicherheit. Sais-tu qui sont ces personnes qui t’ont amenée jusqu’ici ?
— Elles m’ont fait la morale, que je ferais bien de m’excuser. Elles savent qui vous êtes.

Sandra :

— Bien sûr qu’elles savent. Elles savent tout. Et qui sommes-nous ?
— Les Küng. Mes parents.

Georg :

— Ils vont te remmener…

Sandra :

— Pour sûr, ils attendent devant.
— Je m'excuse pour l'autre jour. Je ne savais pas que c'était vous.
— Qu'est-ce que ça change ? Comment ton père et moi pourrions comprendre ce que tu es devenue ?
— …
— Sandra ! Arrête ! Tu sais ma fille, quand je t'ai reconnue lors de ton intrusion dans la chambre, ce n'est pas ton arme que j'ai vue, c'est toi. Et j'étais heureux. Car nous t'avions cru perdue à tout jamais. Oui, de savoir ma fille vivante, j'étais heureux.
— Georg ! La première fois qu'une personne a dirigé un pistolet sur moi, c'était en 1945 ! La deuxième fois, ma propre fille…

Sandra cache son visage dans ses mains. Elle se redresse, fixe son mari dans les yeux.

— Parle Georg. Parle ! Dis-lui qui tu es. Elle doit savoir. Eux le savent. Alors, il est temps de dire à ta propre fille…
— Sandra, de quoi parles-tu ?

Sa femme prend Jutta par le bras et, après avoir dégagé quelques livres, s'assoit près d'elle sur le canapé du bureau. Sur les étagères des quatre murs de la pièce sont empilés des milliers de volumes. De toutes les tailles, avec des titres incompréhensibles pas toujours écrits en allemand. Sandra prend les mains de sa fille dans les siennes.

— Tu avais huit ans en 53. Tout allait bien pour nous. Mais il s'est passé quelque chose dans le pays. Un événement extraordinaire. On était le 17 juin. Des milliers d'ouvriers s'étaient rassemblés dans les rues. Ils réclamaient de meilleurs salaires, des conditions de vie décentes. Des pans entiers de la population les rejoignirent, qui exigeaient plus de liberté, la libération des prisonniers politiques, des élections libres. Georg était dans la rue, en tête de défilé. Le gouvernement était débordé, dépassé. Jamais un tel soulèvement n'avait eu lieu dans un pays communiste. Alors les chars sont arrivés, les chars soviétiques pour, comme disait Moscou, « venir en aide au pays frère ». La répression fut terrible, impitoyable. Beaucoup de camarades de Georg ont été exécutés, certains ont été jugés sommairement par des tribunaux soviétiques et déportés en Sibérie. Ton père a disparu, mais volontairement, car il n'avait qu'une idée en tête : qu'il n'arrive rien à sa fille, rien à sa femme. Pendant un an nous sommes toutes les deux restées sans nouvelles. Un de ses camarades est passé nous voir un jour pour nous laisser espérer qu'avec la mort de Staline, les choses allaient changer chez nous. Des associations de dissidents voyaient le jour. Tout le monde se savait surveillé, mais la vie reprenait son cours. Le retour de ton père fut le plus beau jour de notre vie.

— Mais maintenant, il ne craint plus rien, cela fait vingt-deux ans qu'il a participé à une manifestation…

— …pas une manifestation Jutta, un soulèvement ! Et s'il y a des gens pour oublier le passé, s'il y a dans ce pays des individus assez lâches pour se taire et s'accommoder de la dictature, alors sache bien, Jutta, que ni Georg ni moi nous n'en faisons partie.

Oublier le passé : ces trois mots qu'elle vient de prononcer résonnent dans la tête de madame Küng. N'est-ce pas le moment de dire à Jutta de qui elle est la fille ? Mais non ! Qui d'autre que Georg, cet homme honnête et courageux, qui d'autre que lui mériterait le titre de père ?

Georg, les yeux mouillés, aurait bien parlé aussi, mais il renonce. C'est inutile. Sandra a tout dit. Elle ajoute :

— S'ils gardent le pouvoir, c'est par la force. Les choses ne resteront pas ainsi, et nous sommes chaque jour plus nombreux à entrer en résistance. Voilà.

Jutta se rappelle les lectures que lui faisait son père. Des pages écrites par les philosophes. Des mots d'une grande beauté. Elle en apprend un nouveau, un qui résonne plus fort, plus loin : *soulèvement*. C'était donc ces gens, ces révolutionnaires qu'avec Andreas elle voulait cambrioler ? Elle est pétrifiée, les mains encore serrées entre celles de sa mère. Elles se relèvent.

— Je dois y aller, ça fait plus de dix minutes, largement plus !

Ils la suivent jusqu'au perron. Entrant dans la voiture, elle a le temps de voir ses parents lui faire un dernier signe de la main.

Dès son retour au siège de la Staatssicherheit d'Eisenach, la jeune femme se voit proposer, en échange de sa liberté, un poste dans la Juristische Hochschule[6]. Elle refuse. On lui demande alors de rejoindre ces milliers de « bons communistes », les « Inoffizielle Mitarbeiter », informateurs sur les dissidents et les réseaux de résistance, collaborateurs choisis parmi les gens de l'entourage d'un suspect. La Sécurité espère qu'en renouant les contacts avec les Küng, elle finira par recueillir des informations sur les membres encore actifs du Cercle Eisenberg[7] que son père fréquentait dans les années cinquante. Jutta refuse encore.

---

6 La *Juristische Hochschule* : contrairement à ce que son nom laisse supposer, cette école n'était pas une Faculté de droit, mais dépendait du Ministère de la Sécurité d'État. Elle formait les cadres de la Stasi.

7 Entre 1953 et 1958, le *Cercle Eisenberg* était composé de jeunes qui demandaient le retrait des troupes soviétiques hors de la RDA, la libération de prisonniers politiques et l'établissement de la démocratie par l'organisation d'élections libres.

Dans la solitude de sa cellule, pendant des années, elle pense à Andreas. Où est-il ? Que fait-il ? Bien sûr, elle imagine le pire. Après ce qu'elle sait maintenant, quel serait le pire pour son ami ? Qu'il se soit laissé embrigader, qu'il agisse maintenant en espion pour le compte du régime, qu'il dénonce des honnêtes gens… tout est possible. Elle rumine. Qu'ont-ils fait tous les deux pendant toutes ces années ? Alors que la population devait survivre et se taire, quand le mur à Berlin et le rideau de fer en Thuringe séparaient les gens, les familles, quand on était privé du nécessaire au profit d'une minorité qui prétendait agir au nom du peuple, ils étaient deux papillons, voletant ici ou là, ne songeant qu'à chaparder ceux à qui la nomenclature avait déjà tout pris !

Ses parents viennent souvent la voir. Au parloir ils lui apportent tout ce qu'elle aime : leur présence. Georg ne manque jamais de venir avec un livre en évitant les titres compromettants, ce qui est extrêmement difficile dans un univers où un mot, un nom peut être une menace pour la pensée ambiante. Son père privilégie donc les œuvres qui sont toujours les moins suspectes de désordre pour les esprits étroits des bureaucrates : celles des philosophes antiques. Il y a deux mille cinq cents ans, le communisme n'existait pas, donc les contre-révolutionnaires occidentaux non plus. L'œuvre préférée de Georg est La République de Platon, quand le lumineux Socrate nous imagine vivant dans une semi-obscurité, prenant les ombres qui s'agitent sur un mur pour des êtres réels, alors qu'il ne s'agit que d'une image du monde, inversée. Au parloir, on se doute bien qu'il y a des micros partout, cela n'empêche pas de bavarder ceux qui se comprennent à mi-mot, pour qui un regard vaut de longues explications.

Après cinq ans d'enfermement, Jutta retrouve ses parents. Elle peut aussi refaire sa vie. Dans la société les liens se détendent. Des voix discordantes se font entendre. La Pologne n'est pas loin, et

Solidarnosc. À une centaine de kilomètres d'Erfurt vers l'est, des intellectuels tchèques signent la Charte 77[8]. Il faudra quand même attendre neuf ans pour qu'en 1989, aux côtés de Sandra et de Georg Küng, créateur avec d'autres personnalités du Neues Forum[9], elle défile au premier rang d'un immense cortège, tenant fermement cette banderole dont quatre mots feront le tour du monde :

« *Wir sind das Volk.* »[10]

§

8 La Charte 77 était une pétition signée par des citoyens, des intellectuels, des artistes tchèques. En s'opposant au régime communiste rétabli par les chars soviétiques après le Printemps de Prague en 1968, les signataires demandaient le respect des droits de l'homme, et contribuèrent à l'éveil des consciences et à la chute du régime en 1989.

9 Le *Neues Forum* : mouvement fondé en 1989 par des intellectuels, scientifiques, étudiants, médecins, avocats et d'autres citoyens de RDA, mouvement qui voulait « mettre en œuvre la démocratie dans tous les domaines de la vie ». Il est à l'origine des manifestations monstres qui aboutirent en 90 à des élections et à la chute de la dictature.

10 « Nous sommes le peuple ».

BILLET DOUX

En plus de toutes les choses qui ont le don de m'énerver, le col roulé en laine qui pique à l'encolure, le café qui ne passe pas dans la machine entartrée, la bonne année à souhaiter à des gens infréquentables, l'ordinateur qui se bloque dès l'ouverture d'une fenêtre, l'été et sa chaleur caniculaire, l'hiver et les jours qui raccourcissent à vue d'œil, les voisins toujours affairés au jardin où pas un brin d'herbe ne dépasse, la pire de toutes c'est d'apprendre que des gens se débarrassent ou revendent des cadeaux certes pas toujours pertinents, mais quel cadeau pourrait être bien reçu par des personnes aussi peu scrupuleuses, sinon peut-être un diable en boîte, du poil à gratter, un miroir ? Ces gens, pour qui les petits cadeaux n'ont qu'une valeur marchande, je les ai en horreur. Du moins je les *avais* en horreur, jusqu'au jour où cette histoire…

Jérôme vivait seul. Trop occupé à s'occuper de lui, il ne prêtait nulle attention aux personnes de l'entourage, à l'une d'entre elles surtout, Solange, une bien jolie jeune fille. Ce n'est pas qu'il l'ignorait, mais plutôt qu'il avait peur de s'engager. Avec les conséquences que l'on sait, pas toujours très rigolotes, les contraintes, enfants, crédits, belle famille, sans oublier le pire : la routine. Bref, la liberté de Jérôme n'avait pas de prix, il aurait fallu bien plus qu'un repas de fête même abondamment arrosé de champagne pour le faire changer d'avis.

Il y a tant de cadeaux au pied du sapin ! Les noms des bienheureux sont notés sur les paquets, mais pas ceux des pères noël. Pour la plupart, il n'est pas difficile de deviner d'où ils proviennent. Pour d'autres, un échange de regard, un sourire suffisent à clore l'enquête. Mais il en reste, de ces paquets qui, effleurés, palpés, à peine examinés séjournent non ouverts au pied de l'arbre jusque tard dans la soirée. Rectangulaires, allongés, rigides sauf sur le dessus, à tous les coups ce sont des chocolats. Et comme le soir de Noël, le chocolat est à profusion, du noir, du blanc, du chaud, du dur et du coulant, sagement on attend quelques jours avant de goûter aux friandises.

Ainsi, une boîte d'excellents rochers parés de noisettes fut abandonnée sur le parquet jusqu'au bout de la nuit. Au matin, Jérôme allait l'ouvrir mais il se ravisa. Plutôt l'offrir à quelqu'un pourquoi pas au jour de l'an. Le paquet-cadeau bien que ballotté aux pieds des enfants turbulents n'avait pas souffert, il suffit d'un bout de scotch pour le rendre à nouveau présentable. Pour fêter l'année nouvelle il fut offert à la voisine qui suivait rigoureusement un régime sévère et s'en débarrassa en le dissimulant entre les rameaux d'un thuya par un jour de beau temps en pleines réjouissances de Pâques. Le petit enfant qui le découvrit ne pouvant mettre ce grand paquet dans son panier déjà rempli d'œufs en sucre le tendit à sa maman qui, dès son retour à la maison l'entreposa dans un cellier bien frais. Les choses restèrent ainsi jusqu'au noël suivant. Comme personne n'était assez curieux pour l'ouvrir, les gens étant de plus en plus gâtés et saturés de friandises, de noël en noël et pendant des années, les rochers voyagèrent parfois très loin et bien au-delà de la date de péremption.

Certainement ils n'étaient plus bons, mais comme c'est l'intention qui compte, un beau jour, c'était le soir de Noël, au pied du sapin de Jérôme quelque chose fut déposée dont les dimensions et la forme cachaient mal la nature du contenu. Plus d'une fois à cause des enfants qui couraient partout, le paquet frôla la catastrophe. Il y en avait des enfants, depuis le temps qu'il organisait les soirées de Noël chez lui, les jeunes filles étaient devenues des femmes, elles avaient pris époux, et tout ce petit monde était fier de sa progéniture. Quant à Jérôme, s'il ne connaissait pas le plaisir de voir grandir des enfants, avec l'âge il était devenu gourmand. Voyant son nom inscrit sur l'étiquette, il s'empara de la chose, et déchira le papier cadeau.

Un tout petit billet bien discret plié en quatre tomba sur le sol. Il se baissa, le déplia. On ne saura jamais si quelqu'un remarqua son émoi. Il lut ces quelques mots : *Jérôme, je t'aime*. C'était signé : Solange.

§

GIANNI

Je n'ai pas l'âme d'un campagnard. Je voulais vivre à la ville. Francesca, qui ne rêvait que de faire pousser des fleurs et des légumes, insista dès notre nuit de noces pour que nous nous installions à la campagne. Je résistai autant que je pus, jusqu'au compromis. Pour un prix modique nous fîmes l'acquisition à 600 mètres d'altitude sur le *Mons Polizianus* – qu'on appelle maintenant Montepulciano – d'une petite maison toute en hauteur dominant un long jardin qui plongeait sur cent mètres en direction du Chianti, en bas dans la vallée. À une demi-heure de route de Sienne, cela m'allait. Mais dans cette vieille bâtisse en meulière, avec ses petites pièces et ses fenêtres étriquées, la vie s'annonçait bien triste.

J'avais aménagé un espace au grenier où je passais le plus clair de mon temps à lire et à bricoler. Je pouvais y fumer, lire ou boire un coup à l'abri de ses sarcasmes. Car c'était une forte femme, énergique, exigeante, aussi dure au travail qu'avec son pauvre mari. Elle ne supportait pas de me voir assis à ne rien faire, identifiant mon air rêveur à la paresse d'un désœuvré. Vingt ans auparavant j'avais subi l'épreuve avec ma mère. Une fois mes devoirs terminés et mes leçons apprises, il m'était interdit de ne rien faire. Je rêvassais dans ma chambre, et dès que j'entendais ses pas dans le couloir, je m'emparais d'un crayon, d'un livre, d'un jouet pour avoir l'air actif à quelque chose. Pour revenir à ma compagne, j'avais tenté de lui donner le goût de la lecture en lui racontant une ou deux des meilleures nouvelles de Dino Buzzati. Pendant quelques instants elle m'avait accordé son attention puis, à mon grand désespoir, s'était éclipsée pour surveiller le pot-au-feu. Pendant mes insomnies, son image se dessinait dans mon esprit, elle était ceinte d'un tablier rouge, les cheveux tirés en arrière et maintenus par un élastique, à la place des jambes : deux grosses bottes en caoutchouc. Dans la journée il m'arrivait de l'observer par la lucarne du grenier. Courbée au milieu de deux rangs de poireaux, elle se relevait de temps à autre pour soulager ses reins, scrutait le ciel ou esquissait un sourire à la voisine, le couteau à la main, la bêche plantée à quelques pas.

Et je contemplais ce jardin. Il était magnifique. Un exemple pour les manuels de jardinage. Au printemps, après l'apparition des premiers crocus, petites taches jaunes au bord des allées, fleurissaient les premières jonquilles. Puis, en quelques jours s'allumait un feu d'artifice dont les vives couleurs éclairaient la verdure sombre et monotone des épineux et des lauriers à feuilles persistantes. Bouquets de tulipes, tapis de pensées et de corbeille d'argent dominés par les fleurs de rosiers en majesté et la grâce des forsythias dorés.

Les voisins étaient trop prévenants pour être jaloux, eux qui n'avaient qu'une pelouse à contempler. Ils étaient simplement admiratifs. Je leur répondais d'un mouvement de tête qui voulait dire : oui, je sais c'est un beau jardin mais je n'y suis pour rien. Ils le savaient et n'insistaient pas, mais je devinais qu'ils enviaient l'époux d'une femme aussi active, et créative. J'étais admiratif moi aussi, mais je ne peux dire que je l'aimais. J'éprouvais de l'affection, la prenant dans mes bras quand l'occasion se présentait. Elle était peu sensible à mes élans amoureux. Une autre aurait tenté de me séduire. Ce n'était pas dans son caractère. Elle me procurait cependant tout le plaisir qu'une femme peut donner à son homme, et j'accomplissais régulièrement mon devoir conjugal. C'est tout. L'autre moitié de mon existence se passait dans un autre monde. Mes amis les plus fidèles s'appelaient Bounine, Böll, Hölderlin, Heine. Jusqu'au jour où tomba entre mes mains un petit recueil de rien du tout, à peine une centaine de pages. Une journée de la vie d'Ivan Denissovitch. J'en ai encore la gorge serrée. Ayant compris assez tôt que je ne pourrais partager ces plaisirs avec mon épouse, mes songes, mes envies, mes craintes s'identifiaient chaque jour davantage à ceux des héros et aussi des victimes de ces belles histoires.

Un jour elle me dit qu'elle désirait un enfant. Cela m'étonna. Non pas tellement pour la proposition en elle-même, quoi de plus naturel ? Mais je réalisai d'un coup qu'elle n'avait jamais abordé cette question. Francesca avait trente-deux ans et moi vingt-neuf. Un enfant ? L'idée ne m'avait jamais traversé l'esprit et les gens que je fréquentais au bureau ou dans le voisinage étant généralement plus jeunes, jouer au papa et à la maman n'était pas non plus leur premier souci. Je lui répondis d'une façon évasive qu'il faudrait y réfléchir, que c'était une bonne question et une première occasion de penser un peu à notre vie conjugale, à notre avenir. Son regard se fit inquisiteur, et comme chaque fois qu'elle me regardait ainsi droit dans les yeux, je me sentis coupable de quelque chose. Je dus marmonner quelques mots, qu'elle me demanda aussitôt de répéter clair et net. Je m'engageai alors dans un discours compliqué dont les arguments, les « quoique », les « néanmoins » bousculaient les concepts de « responsabilité » et d'« avenir sombre promis aux enfants et petits-enfants de la planète », toutes choses que j'aurais été bien incapable d'invoquer dans mon état normal. Bien sûr, l'argument essentiel, celui qui aurait fait mouche, ne m'était pas venu en tête : dans cette maison, il manquait une pièce pour le bébé. Elle n'aurait jamais osé proposer le grenier, J'aurais eu beau jeu de lui répondre qu'il aurait fallu l'aménager, l'isoler, le chauffer, installer des cloisons, des portes… Mais avec elle, je n'avais jamais beau jeu. Elle était debout, face à moi, puissante. Athéna en armes dirigeant son regard sur Sparte, son bras prolongé d'une longue cuillère en bois, appuyé sur le bord de la gazinière. Elle me dévisageait, mettant à jour les parties les plus intimes de mon être. Sans mot dire, elle démontait pièce par pièce une construction fragile que mon esprit peu logique et indécis édifiait sur du vent. Alors, le flot de mon discours devint irrégulier, presque inaudible, mes lèvres entrouvertes balbutièrent encore quelques sons, puis se figèrent, j'avalai ma salive et j'eus la surprise d'entendre, prononcés sur un ton détaché, ces mots :

— Pourquoi pas ?

J'avais parlé.

Elle posa la cuillère, coupa le gaz sous la marmite et porta à nouveau son regard sur moi. Un regard langoureux cette fois, presque compatissant. Je la suivis dans l'escalier. Elle ouvrit elle-même le lit, ferma les volets, éteignit le chevet avant même que je fusse déshabillé.

— Mais j'ai faim, on aurait pu manger un morceau…
— Viens mon chéri, oui viens, maintenant !

Mon chéri, elle avait dit *mon chéri*. Elle se donna complètement. Mais je n'étais pas à mon aise. Oserais-je un jeu de mots ? Je n'étais pas dans mon assiette mais plutôt dans la sienne. Pour réussir ce soir-là, la docilité seule ne pouvait rien m'apporter. Et, tandis qu'elle se trémoussait, mon imagination d'ordinaire si fertile ne me fut d'aucun secours. Je repassai toutes les images les plus excitantes dans un super technicolor où les plus belles filles du monde, les héroïnes les plus provocantes des littératures française et étrangère m'invitaient aux plus brûlants hymens, aux aventures les plus osées, rien n'y fit. À un moment, je crus m'en sortir avec Bounine :

« Elle enleva sa capeline de satin et la laissa choir à ses côtés, elle dégrafa de chaque côté quelque chose de ses bas de soie gris en soulevant sa robe jusqu'à découvrir sa peau nue. »

Mais ce ne fut qu'un baroud d'honneur… avant la chute. Les images s'estompèrent, l'écran s'assombrit et, comme le rideau glissait silencieusement sur ses rails, les premiers spectateurs se levèrent et la salle rendue à la lumière se vida rangée par rangée dans une triste procession. Les gens regagneraient leur foyer.

Bras dessus bras dessous, ils monteraient dans leur chambre, se mettraient au lit, et toutes ces images se projetteraient à nouveau en un super technicolor où les plus belles filles du monde les aideraient à concevoir un enfant.

Elle s'était levée prudemment, c'est la lumière qui m'éveilla. J'avais dormi un peu. Elle m'appela: la soupe était prête. Fait nouveau: dans la cuisine, au milieu du vaisselier, entre deux assiettes en faïence représentant des scènes champêtres, trônait une belle reproduction de la Madona Piccolomini de Benedetto da Maiano. Œuvre que je connaissais bien car lors de mes visites de la cathédrale de la Piazza Grande, je ne manquais jamais de l'admirer. Je ne suis pas catholique pratiquant mais j'aime les belles choses. Cette madone qui tient son enfant n'était pas là par hasard, et ce n'était ni la piété ni l'amour de l'art qui avaient suggéré à Francesca d'afficher l'image de la maternité au milieu de la pièce.

Après mes piètres performances nocturnes, elle ne m'en voulait pas, mais je compris qu'elle n'aurait de cesse de me poursuivre jusqu'à ce que son but fût atteint. Ce regard amusé qu'elle posait sur moi, cette nouvelle façon de m'appeler « mon petit homme » en disait long sur ses intentions. Elle n'attendait plus qu'une chose maintenant: que je sème cet enfant de malheur dans son jardin intime. Le soir elle me servait des petits plats agrémentés de fruits et de légumes exotiques qu'elle avait achetés au marché! Rupture totale avec la tradition qui voulait que seuls les produits du potager de madame franchissent la porte de la cuisine. J'étais ravi bien sûr, je menais une vie de pacha. Mais le soir, au moment des assauts, le pacha, penché sur son assiette, ne débordait pas d'enthousiasme. Je tentais de faire durer le dîner, reprenant trois fois du fromage, l'invitant à boire une dernière goutte de vin, dégustant par demi-cuillerées une énième part de tarte, j'aurais voulu partager avec elle un repas interminable jusqu'aux alentours de minuit où, comme au nouvel an, après un échange de gentils baisers, fatigués, nous aurions gagné notre chambre pour une nuit de sommeil et de rêves. Mais après le dessert, quoi proposer ? J'étais repu, et pour rien au monde je ne lui aurais préparé un café. Excitée comme elle était déjà, je crois que dans sa fougue nous aurions cassé quelque chose. Alors je simulais des maux de tête, une douleur abdominale ou un point de côté. Le lendemain, j'esquissais une grimace en me tenant le bas-ventre. Sûre de sa victoire, elle n'insistait pas et me tendait un cachet d'aspirine en prodiguant des mots charmants. Elle pouvait aller jusqu'aux caresses. La bougresse connaissait mes points faibles, je n'ai jamais su résister aux caresses. Ce jour-là, ce fut plus fort que moi, je me mis à ronronner, puis perdant tout contrôle, je lâchai :

— Et comment l'appellera-t-on ?

Les caresses cessèrent, instantanément.

— Gianni.

J'allai évoquer l'éventualité d'une fille, mais le ton de la réponse suggérait un choix sans retour. Peut-être espérait-elle la présence d'un homme dans la famille…

Jusqu'alors j'avais supporté la vie commune. Il m'arrivait même d'éprouver de la tendresse pour une femme qui en était dépourvue. Mais cet enfant, la perspective de cet enfant, fruit de l'union la plus intime, provoquait chez mon épouse une mutation. Un sentiment nouveau germait en elle : l'amour. Pour moi, c'était une menace de prolongation de peine, les dorures en plus. J'aurais pu m'enfuir. Ce n'est pas mon genre, je n'ai jamais eu le courage qui rend possible les grandes décisions. Et puis, outre son jardin, elle n'avait que moi. Sans le vouloir, par ma seule présence, je donnais un sens à ses cultures. J'en étais le plus beau poireau. Je ne voulais pas la rendre triste, la laisser seule devant son potage. Bref, elle avait gagné. Les dernières forces qui me permettaient encore de résister à ses volontés m'abandonnèrent et passèrent avec arme et bagages dans mon système reproducteur. Le bébé était en route. Au huitième mois, nous partîmes dans la nuit. Attente interminable à l'hôpital. Les médecins restaient évasifs, puis se décidèrent pour l'opération. Pas d'inquiétude, c'est sous anesthésie, attendez dans le couloir, il y a des magazines et la machine à boissons. Merci docteur. Affalé sur trois chaises, je sombrai dans un sommeil profond.

§

Je n'avais pas d'arme. J'allai fouiner dans sa remise à outils parmi les plantoirs, sécateurs, cisailles à haies et autres babioles coupantes. Je restai un moment, rêveur, devant la fourche. Tous ces instruments étaient propres, luisants, ils en étaient presque beaux. Les sécateurs étaient graissés, les lames de la bêche-fourche bien aiguisées. Aussi, il y avait les petits sacs d'engrais :

« Attention, poison dangereux. Tenez à l'écart vos animaux familiers ! »

J'aurais pu en glisser un ou deux grains, chaque soir dans son potage. Ç'aurait été cruel, je ne voulais pas la faire souffrir, craignant d'assister des jours durant à une effroyable agonie. Personnellement je suis douillet et ne puis supporter la souffrance des autres. J'allais regagner mon grenier où était restée ma pipe, quand je l'aperçus là-bas au fond du jardin, dans son potager. Je me mis à respirer plus fort, plus vite, cela m'était déjà arrivé quand le maître citait mon nom et que je devais monter sur l'estrade. La timidité peut-être et l'anxiété. Je restai un moment immobile. J'avançai d'un pas. Je m'arrêtai. Je contrôlais ma respiration. Ce qui est arrivé ensuite, je n'y suis pour rien. Une force que je ne connaissais pas me poussa en avant.

Elle était accroupie et devait probablement bricoler quelque chose dans ses salades. À ses côtés, appuyé contre un tuteur à tomates, un transistor crachotait une vague émission de jeux. Ce n'était pas ma direction, j'obliquai vers la gauche. À quelques pas, la bêche était plantée. Un magnifique « Outil Wolf » dont la lame d'acier, polie par le travail, brillait de tous ses feux. J'avançai à pas feutrés. J'empoignai délicatement le manche de l'outil. Je retins ma respiration. Je regardai une dernière fois cette femme, le nœud du cordon de son tablier qui dessinait des boucles sur la peau de son dos, le t-shirt blanc trop court, l'empreinte de l'attache du soutien-gorge et, plus loin, les cheveux châtains coupés court. Je regardai cette femme et crus voir un homme. Plus que la coupe des cheveux, c'était la force qui émanait de sa position, la puissance du geste surtout, quand sur le côté apparaissait une main nerveuse veinée de bleu aux ongles terreux. Une main qui, d'un mouvement précis, décidé, enfonçait le plantoir jusqu'à la garde sans même faire frissonner le cordeau.

Le tranchant de la bêche s'enfonça dans la nuque. Le corps s'affaissa sur le côté, écrasant quelques jeunes plants. J'avais gardé le manche dans la main. J'arrêtai la radio. Je me dirigeai vers la pelouse et commençai à creuser son trou. Cette force qui, tout à l'heure, m'avait guidé au fond du jardin, décuplait maintenant mes efforts pour planter, enfoncer et faire pivoter la bêche toujours plus profondément. Tout à coup je frémis. J'avais appris à l'école que la Toscane avait naguère été occupée par les Étrusques. Sans demande d'autorisation préalable auprès des autorités culturelles de Florence, toute fouille était interdite, y compris dans les terrains privés. La peur au ventre, la profondeur d'un mètre me parut confortable, elle fut vite atteinte. Je tirai le cadavre jusqu'à sa dernière demeure, au beau milieu de ce qui fut son espace vital. Le corps roula dans le trou face contre terre. Cela ne me plaisait pas trop, mais pour modifier sa position il m'aurait fallu descendre et je craignais que l'opération traînât en longueur. Les voisins immédiats étaient en vacances mais d'autres plus loin, auraient pu s'inquiéter de quelque chose ? Non, le Ciel était avec moi : c'était le jour de la Bravio dele Botti, concours annuel dans la ville où les participants doivent pousser un lourd tonneau sur un kilomètre jusqu'à la Piazza Grande. Tous les Poliziani étaient à la fête. Inutile de dire que ce jour-là j'aurais pu enterrer un régiment en toute discrétion !

Le courage me manqua d'aller chercher une pelle à la remise, je remblayai la tranchée à la bêche. Il n'avait pas plu depuis plusieurs jours, le tendre limon se manipulait comme du sable. Tous les vingt centimètres je piétinais cette belle terre meuble, puis j'étalais une nouvelle couche. Enfin je pris soin de débarrasser le gazon des dernières mottes éparpillées. Reculant de quelques pas, je contemplai mon œuvre. Sur ce rectangle aplani et ratissé, il me restait à semer deux mètres de pelouse et le tour serait joué. Après avoir rassemblé les outils et mis un peu d'ordre dans les rangs de salades, je regagnai la maison et allumai ma pipe qui m'attendait à l'étage. De la lucarne, je risquai un coup d'œil sur le potager. Il était désert. Mon cœur se mit à frapper ma poitrine, la sueur à couler sur mon visage, une vague de chaleur déferla sur mon corps. Au centre de la pelouse verte et bien tondue, un rectangle se découpait, si noir qu'on aurait dit un trou.

Je tournais dans la maison. Au grenier, il y avait bien deux ou trois bouteilles de Vino Nobile, fruit du meilleur cépage d'Abruzzo, mais l'idée ne me vint même pas de boire un coup, je tournais, je fumais, je marchais en rond. Je parlais fort, je criais même des mots sans queue ni tête, c'était la première fois que les murs de cette maison m'entendaient crier. Enfin, tard dans la soirée, je me rendis sur la tombe. Les pointes du râteau finirent de réduire les dernières mottes en poussière. Je plantai en rangs serrés un bon kilo de graines de gazon rustique, son gazon, le meilleur. Je damai, comme je l'avais vu faire en sautant à pieds joints sur une planche. J'arrosai abondamment. Huit jours passèrent.

Huit jours qui furent pour moi l'éternité, mais qui restent pour tous les jardiniers du monde le délai nécessaire avant l'apparition des premières pousses. Une fois n'est pas coutume : ils s'étaient trompés. J'attendis. Tous les soirs, à plat ventre, l'œil au ras du sol, je scrutais la surface des deux mètres fatidiques : aucun brin, pas une seule trace d'un végétal d'aucune sorte. Pas de gazon certes, mais plus inquiétant : ni chiendent, ni chardon, ni même un embryon de pissenlit. Je tentais une explication. Nous étions en automne, rien ne pouvait germer. Cette tache noire au milieu d'un espace vert risquait de retenir l'attention du voisinage. Labourer le tout était la solution. Et expliquer à ces gens dès leur retour, que l'invasion des mauvaises herbes m'obligeait – *nous* obligeait – à replanter la pelouse… À l'aide de la bêche, je retournai le terrain. L'hiver passa.

Pluies, neige, gelées, redoux avaient cassé les mottes et attendri cette belle terre brune. Je commençais presque à regretter d'y semer une pelouse. Après avoir ratissé, je semai et pris soin de damer en sautant alternativement sur deux planches que je déplaçais progressivement. Le ciel d'avril se chargea d'arroser les graines. Huit jours passèrent. Les timides apparitions du soleil profitèrent à mon gazon : une armée de petits brins tout raides envahit le terrain qui, jour après jour verdissait. Pas tout le terrain. À un endroit précis qui avait la forme d'un rectangle, aucune pousse ne sortait de terre. Alors il me vint une idée : puisque les graines ne voulaient pas germer, il fallait planter un arbre. Par précaution, je décidai de le mettre en terre avec sa motte. Je choisis un arbuste à feuilles persistantes et au nom compliqué que l'horticulteur me conseilla de poser profond sur une bonne couche d'humus. La bêche s'enfonça facilement jusqu'à cinquante centimètres. Un nouveau fer à quatre-vingts centimètres entra comme dans du beurre. Cela devait suffire en comptant une bonne couche d'humus de fond, il restait un demi-mètre pour les racines… Mais je replantai le fer. Il ne rencontra aucun obstacle. Je piquai à gauche, à droite, en changeant l'orientation de l'outil. Rien ne vint interrompre ni même freiner la course de la lame. Une fenêtre claqua :

— Bonjour ! Vous jardinez tôt cette année…

— Oh, n'exagérons rien, un simple arbuste, un… comment déjà… un…

— …laurier. Un laurier.

Je rebouchai, tassai énergiquement autour des racines, et mouillai abondamment.

Il suffit de quelques jours pour que la pauvre créature commençât à dépérir. Le jeune tronc perdit sa souplesse, les petits bourgeons séchèrent puis tombèrent. J'allais arracher l'arbuste quand, examinant la terre juste à son pied, je remarquai qu'elle se craquelait ici et là. Le phénomène était nouveau. À l'aide d'un couteau je soulevai une petite motte, au bord d'une craquelure. Recourbée comme une clochette, vert pâle, une minuscule pousse apparut. Quelques heures suffirent pour que quatre petites feuilles se déploient. Une longue observation des prouesses de la défunte avait semé en moi quelques rudiments de science : j'étais en présence d'un radis. Je fis le tour du domaine, cherchant à identifier d'éventuelles pousses de la même espèce, sans résultat. Du gazon, parsemé ici ou là de mauvaises herbes, pissenlits ou poireaux dégénérés aux abords de ce qui était jadis, un potager. Mais de radis, point. Revenant sur mes pas je constatais que chaque éclat à la surface du sol annonçait l'émergence d'une petite pousse semblable. Plutôt que d'arracher l'arbuste, au sécateur je le coupai à la base. Et j'arrosai, délicatement.

Les radis grossirent, je les récoltai et les mangeai. Puis d'autres pousses apparurent, dentelées. Sur les planches en couleurs du manuel de jardinage, je reconnus la carotte. Puis ce furent des petites tiges bien droites, d'un vert plus dense. Poireaux sans doute, ou oignons. À vrai dire l'apparition tardive de la végétation à cet endroit n'était pas pour m'inquiéter. Bien au contraire, le matin, de ma lucarne, je notais avec satisfaction que le rectangle s'éclaircissait, s'intégrant peu à peu aux dégradés verdâtres et irréguliers de la pelouse que je laissais pousser, sauvage.

Vers la fin juin apparurent les premières taches de couleur. Quelques mois auparavant, j'aurais facilement reconnu les crocus ou les perce-neige, mais… c'était le début de l'été ! Je courus dans le jardin. C'étaient bien des crocus. Ils n'étaient pas seuls. Un peu plus loin, les premières pensées commençaient à éclore, tandis qu'une tulipe s'ouvrait au soleil. Une graine peut être portée par le vent, mais un oignon… un oignon de tulipe ! En retournant deux fois la terre avant l'hiver, j'aurais pu le remarquer, sentir une résistance au bout du fer. Jour après jour la terre se soulevait, révélant d'autres surprises : jonquilles, jacinthes, coucous parsemaient le sol de mille couleurs. Toute cette végétation habituellement cultivée par les hommes semblait s'acclimater, se plaire, mieux : s'organiser, sans l'aide de personne. Les fleurs de mon jardin ne se développaient qu'ici, en ligne ou en cercle, au milieu des plus belles variétés de légumes. Alors que mille plantes parasites envahissaient la pelouse, que les ronces étouffaient le potager, ici sur ces deux mètres de malheur, sans le moindre engrais, l'eau plate de mon arrosoir avait suffi pour que, dans un Éden multicolore, la Terre célèbre Cérès et Flore. Je décidai de cueillir les uns et de couper les autres pour faire des bouquets. Le lendemain à nouveau, tout était en fleurs, et d'autres poireaux, choux-fleurs et carottes étaient bons à récolter. On aurait dit qu'une force, un artifice inconnu leur donnait une énergie particulière. Car voici le plus étonnant : au cours de l'automne, les fleurs non coupées ne fanèrent pas. Et quand arriva l'hiver avec son cortège de gelées, de grêle et de neige, non seulement les fleurs ne fanaient toujours pas, mais je devais chaque jour arracher les légumes, afin d'éviter qu'ils deviennent énormes. Quand je déracinais un poireau, d'autres autour, occupaient rapidement ce nouvel espace vital, toujours plus nombreux et plus forts. En moi-même je riais, pensant aux voisins qui enviaient il y a quelques mois l'époux d'une femme aux doigts verts ! Ils devaient maintenant la prendre pour une déesse. Mais je ne ris pas longtemps, car ils pouvaient aussi se poser des questions.

Un jour, l'envie me prit de tout arracher, de vendre la maison et son terrain diabolique. Puis je me ravisai, refusant d'anéantir un si beau parterre, me déniant le droit d'attenter à la vie de ces fragiles créatures qui décrivaient des boucles, des arabesques dont les taches rouges, jaunes, violacées éclairaient les lignes et les courbes de ces végétaux qu'on ne prend jamais le temps d'admirer simplement parce qu'ils sont comestibles. Pour mille raisons je m'étais attaché à ce jardinet. Je prenais goût à me promener, à flâner autour de ce massif. Et je défrichai le potager envahi par les chardons et les ronces. Ce soir-là, ivre de fatigue et d'air pur, je m'endormis sans éprouver l'envie de lire. Depuis quelque temps, mes Bounine, Buzzati et autres Edgar Poe étaient rangés dans la bibliothèque. Mon sommeil ne fut troublé que par un rêve : je cueillais de belles et grosses tomates, des poivrons jaunes, verts, rouges, et des concombres gros comme le bras.

L'esprit clair et le cœur enthousiaste, je me levai et jetai un coup d'œil par la lucarne. Je ne me lasserai jamais d'admirer le sublime paysage toscan, où jusqu'à l'horizon s'exposent au soleil les vignes et les cultures, parsemées d'oliviers autour de petits villages, et parfois, comme pour compléter le tableau, un cyprès dressé là par hasard. Le potager était presque nettoyé, la pelouse demandait à être tondue. Mes yeux parcoururent à nouveau le rectangle multicolore, suivant les boucles et les arabesques dessinées par les fleurs… mais ce n'étaient pas des boucles et des arabesques, ces lignes et ces courbes semblaient avoir un sens : les tulipes groupées défilaient en colonne, les crocus ne sachant où aller revenaient sur leurs pas, tandis qu'un peu plus loin des pensées jaunes et noires agitées par le vent dansaient une ronde, deux ou trois d'entre elles tentant de les rejoindre. Quant à mes préférées, les pivoines dorées, elles jouaient à saute-mouton. Sur ce massif que j'avais tant maudit, que j'avais arrosé aussi, et cajolé, dans toutes les couleurs de l'arc-en-ciel, un mot : « GIANNI » était inscrit.

Secoué comme un prunier, en proie à un terrible mal de crâne, je me redressai en frottant mes yeux. Hauteur du plafond, longueur du couloir, bruits et sons de voix inconnus : je n'étais pas dans mon grenier. Une grande dame toute blanche était plantée devant moi.

— Réveillez-vous monsieur, c'est un garçon !

Gianni, mon fils.

§

AU PIED DU SAPIN

Signal du départ, les coups frappés contre le mur du couloir. Nous surgîmes dans la salle à manger plongée dans le noir. Pas tout à fait. Au fond de la pièce, sous le beau sapin tout illuminé de bougies, étaient empilés les cadeaux. Oh bien sûr, des jouets, il y en avait à profusion. Je me précipitai vers un petit paquet car je devinai que c'était un livre : *Le petit Jacques.* Au grand désespoir de mes parents qui tenaient absolument à ce que j'ouvre les autres paquets, et que je découvre petites voitures, train, jeux de construction, bref, qui brûlaient d'impatience de me voir m'amuser comme un enfant de mon âge, je me plongeai dans la lecture du *petit Jacques,* sans relever la tête de la soirée ni les jours suivants. Ce n'était pas un livre d'aventures comme ceux que j'avais lus et relus. Ici, pas de grand nord, pas d'île dans le Pacifique, pas d'animaux sauvages, pas d'enquête policière. C'était une histoire simple, calme, sans intrigue ni rebondissement, l'histoire d'un petit garçon. Il me ressemblait. Je dirais même qu'il vivait les mêmes événements que moi.

C'était Noël. Jacques se précipita dans la salle à manger au fond de laquelle, sous le grand sapin illuminé étaient empilés des centaines de cadeaux (là on voit bien que c'est un roman car même dans les familles riches une telle abondance est improbable). Même enveloppé de papier cadeau, l'œil exercé d'un enfant sait distinguer le bon du moins bon. Le pire, ce sont les vêtements. Les parents croient faire plaisir en offrant un pull tricoté par la grand-mère, tombant sous les fesses, un bonnet à pompon multicolore qu'on retire dès qu'on approche à moins de cent mètres de la porte de l'école ou alors, mais là ça dépasse l'entendement : un maillot de bain en tricot à la laine bien piquante, surtout quand elle est mouillée…

Le garçon se tourna vers les convives. L'oncle Paul à moustache lui sourit, un brave monsieur qui répondait chaque année à l'invitation et qui venait de loin. À cet instant, le petit Jacques sut ce qu'il allait découvrir. Ribouldingue, Filochard et Croquignol déchirèrent eux-mêmes le papier de Noël.

— Qu'est-ce que c'est ? demanda son père, Ah oui, Les pieds nickelés ! Mais dis donc Paul, ce n'est plus de notre époque. Aujourd'hui, ce genre de gag ne fait plus rire personne.

Les autres approuvèrent, même ceux qui n'avaient jamais lu la bande dessinée en question. Paul but une gorgée, son regard croisa celui du petit Jacques. Ces deux-là se comprenaient, et le jeune garçon, le temps d'un sourire, se dit qu'il aurait aimé avoir oncle Paul pour père. Mais c'était une pensée interdite, une pensée qui faisait mal, et c'était Noël. Petit Jacques revint à ses livres.

Dans le roman, il est dit : « allait revenir à ses livres ». C'est le tournant de l'histoire : la soirée de Noël s'est arrêtée là pour Jacques. Les convives cessèrent soudain de parler et de rire. Surpris, le garçon se retourna. Un homme était tombé en avant, sa tête reposait dans son assiette. C'était son père. Sa mère et une autre femme s'affairaient derrière lui. Quelqu'un, je crois, courut au téléphone. D'autres chuchotaient. Une petite pleurait. Il entendait des bribes de phrases :

— Ne bougez pas, je peux le faire !
— Il vaut mieux les appeler directement, plutôt que passer par…

Suivaient des sigles compliqués. Il reconnut la voix de sa mère :

— Mais jamais, jamais, jamais je te dis ! C'est la première fois.

On entendit des sirènes, puis des gens monter les marches, oncle Paul les fit entrer dans la grande salle. La table fut tirée à grand fracas pendant qu'un homme en blanc maintenait délicatement la tête du père de Jacques. Ils se mirent à plusieurs pour l'allonger sur le côté. Gros appareils. Le garçon ne voyait plus que le dos des personnes affairées autour du corps de son père. Il devait être pétrifié le pauvre garçon. C'est sa mère qui lui faisait peur. Les yeux exorbités de sa mère, elle mordait un mouchoir ou une serviette de table, marchait à grands pas vers l'attroupement, puis repartait vers la cuisine, elle revenait et repartait encore. Son papa fut emmené sur une civière. Une autre femme, une tante ou une amie d'enfance accompagnèrent les sauveteurs. Le lendemain, le jeune garçon apprit que ceux-ci n'avaient rien pu faire. Le père de Jacques était mort.

Les jours suivants ce fut le branle-bas de combat dans la famille. Tout le monde pleurait. Cousines et tantes étaient restées à la maison pour consoler la mère et aussi pour donner tous les coups de téléphone, aider à la préparation des repas, au rangement et au ménage car tout était sens dessus dessous à cause des brancardiers et de leurs grosses chaussures pleines de neige et de boue. Jacques n'était même pas content que ses cousines restassent, elles voulaient voir ses nouveaux jouets. Mais pour lui, ce n'était plus la même chose. Sans son père, ce n'étaient plus les mêmes jouets. À l'une d'elles qui insistait, il s'adressa vertement :

— J'ai perdu mon père ! J'ai perdu mon père ! J'ai perdu mon père !

La petite eut peur, elle quitta précipitamment la chambre de son cousin. Elle dut rapporter aux autres, car aucun d'entre eux, jusqu'à leur départ une semaine plus tard, n'osa s'aventurer dans la chambre du garçon. Jacques se mit à regretter ses méchantes pensées de la veille, quand il souhaitait avoir l'oncle Paul pour père. Le drame remettait les choses en ordre, les idées en place. Un père est un père.

L'oncle Paul était gentil, avec lui on rigolait bien, on oubliait bien des convenances, il était le premier à mettre ses coudes sur la table et à parler et rire la bouche pleine, ce qui choquait les parents du garçon. Mais oncle Paul n'avait ni femme ni enfant, et cela expliquait bien des choses. Jacques était assez grand pour comprendre que les caractères des gens étaient pour bonne part en rapport avec les responsabilités qui étaient les leurs. Alors, finalement et tout compte fait, ses parents étaient moins rigolos, mais Jacques avait un toit, de quoi se nourrir et se vêtir, sans parler des pulls de la mémé, et aussi une montagne de jouets tous les ans au soir du 24 décembre.

À juger selon les apparences, on aurait pu se tromper sur les sentiments de Jacques après la mort de son père. Il ne pleurait pas, du moins dans le livre qui raconte cette histoire. Il était de ces enfants qui ne laissent rien voir de leurs émotions. Il se réfugia dans la lecture d'un livre qui, dans la tourmente, était resté au pied du sapin, et qu'il avait remarqué le lendemain, en tournant dans la grande salle. Anne, une jeune fille, racontait que la Hanouka coïncidait cette année-là avec la Saint-Nicolas, qu'elle avait eu droit à quelques friandises, avant la descente générale par l'escalier de bois dans une pièce sans fenêtre où on pouvait s'éclairer à l'électricité, quand le père ouvrit le grand placard. Tout le monde s'écria : « Oh ! que c'est joli ! ». Elle reçut un gâteau en forme de poupée, tous les cadeaux étaient bien ingénieux. La joie fut de courte durée. Anne racontait que le 24 décembre une tristesse mortelle l'envahit. Une dame lui avait rendu visite, et lui avait parlé de sa fille qui allait canoter avec des amis, faisait du théâtre, se rendait au hockey club. Toutes ces histoires éveillaient en elle un tel désir de rire et de s'amuser qu'elle en avait mal au ventre, enfermée qu'elle était avec les siens, comme une paria entre quatre murs. Lorsqu'une personne du dehors entrait « chez elle » – c'était en fait un grenier – avec la fraîcheur du vent dans ses vêtements et le froid sur son visage, Anne aurait voulu cacher sa tête sous les couvertures pour faire taire cette pensée : « Quand nous sera-t-il donné de respirer l'air frais ? ».

Jacques se demandait qui avait bien pu poser ce livre au pied du sapin ? Il n'était même pas enveloppé de papier cadeau. Il était là, tout simplement.

Dans le grenier, qu'ils appelaient « l'annexe » les parents de la jeune fille se réjouissaient car ils s'étaient fait promettre 125 g de beurre pour Noël. Elle racontait que Miep avait confectionné un gâteau de Noël, orné des lettres « Paix 1944 », qu'Elli les avait régalés d'une livre de petit-beurre, qu'en plus chaque enfant avait eu droit à un pot de yaourt, les grands à une canette de bière, et qu'à part ça, les jours de Noël s'étaient passés sans rien de spécial. Anne racontait que la terreur régnait sur la ville, que nuit et jour des pauvres gens étaient transportés, munis seulement d'un sac à dos et d'un peu d'argent, que ces quelques biens leur étaient enlevés en route, qu'on séparait les familles, qu'on mettait les hommes à part des femmes et des enfants, que des enfants rentrant de l'école ne retrouvaient plus leurs parents, que des femmes rentrant du marché trouvaient leurs portes sous scellés, leurs familles disparues, que des avions survolaient le pays pour aller bombarder, que tout le monde avait peur. Jacques lisait, jour et nuit, inlassablement. Quand il parvint à la page 308, au premier coup d'œil il comprit que ce n'était plus Anne qui écrivait. C'était l'épilogue de son journal. On y apprenait que la jeune fille ne fêterait jamais ni la Hanouka[11], ni la Saint-Nicolas, ni la veillée de Noël de l'année 1945. Car en mars, elle mourut dans le camp de concentration de Bergen-Belsen.

Pour le petit Jacques, il en était sûr maintenant, le livre avait été déposé là par son père. Après tout, peu importe. Moi, je pense que si le père n'y est pour rien, le hasard fait bien les choses. En l'espace de quelques pages, le garçon avait plus appris sur l'humanité qu'en parcourant *L'histoire du monde racontée aux enfants.* Assis à son bureau devant le Journal d'Anne Frank ouvert à la page 308, il jeta

11 Hanouka célèbre la nouvelle inauguration du temple de Jérusalem après la libération de la ville par les Hébreux au IIe siècle avant J.-C.

un œil sur ses jouets tout neufs étalés par terre. Ce n'était pas là qu'il fallait chercher le cadeau de Noël. Il ferma le livre. Le cadeau, le vrai cadeau, il le porta sur son cœur.

§

ÈVE

L'haleine divine planait sur les faces des eaux. L'Éternelle dit :

— *Que la terre produise des êtres animés selon leurs espèces !*

Et cela s'accomplit. L'Éternelle forma les bêtes sauvages selon leurs espèces, de même les animaux qui paissent, de même ceux qui rampent sur le sol selon leurs espèces. Et l'Éternelle considéra que c'était bien. L'Éternelle dit :

— *Faisons la femme à notre image, à notre ressemblance, et qu'elle domine sur les poissons de la mer, sur les oiseaux du ciel, sur le bétail ; enfin sur toute la terre et sur tous les êtres qui s'y meuvent.*

Le soir se fit, puis le matin. L'Éternelle façonna la femme – poussière détachée du sol – fit pénétrer dans ses narines un souffle de vie et la femme devint un être vivant. L'Éternelle planta un jardin en Éden, vers l'orient, et y plaça la femme qu'Elle avait façonnée. Elle fit surgir du sol toute espèce d'arbres, beaux à voir et propres à la nourriture ; et l'arbre de la science du bien et du mal au milieu du jardin. Un fleuve sortait d'Éden pour arroser le jardin. L'Éternelle prit donc la femme pour le cultiver et le soigner. L'Éternelle donna un ordre à la femme en disant :

— *Tous les arbres du jardin, tu peux t'en nourrir ; mais l'arbre de la science du bien et du mal, tu n'en mangeras point : car du jour où tu en mangeras, tu dois mourir !*

L'Éternelle dit :

— *Il n'est pas bon que la femme soit seule ; Je lui ferai un aide digne d'elle.*

L'Éternelle fit peser une torpeur sur la femme, qui s'endormit; Elle prit une de ses côtes, et forma un tissu de chair à la place. Elle organisa en un homme la côte qu'Elle avait prise à la femme, et Elle le présenta à la femme. Et la femme dit :

— *Celui-ci, pour le coup, c'est l'os de mes os et la chair de ma chair : celui-ci sera nommé ich, parce qu'il a été pris de icha.*

Or, ils étaient tous deux nus, la femme et son homme, et ils n'en éprouvaient point de honte.

Mais le serpent était rusé. Il dit à l'homme :

— *Est-il vrai que l'Éternelle a dit : vous ne mangerez rien de tous les arbres du jardin ?*

L'homme répondit au serpent :

— *Les fruits des arbres du jardin nous pouvons en manger ; mais quant au fruit de l'arbre qui est au milieu du jardin, l'Éternelle a dit : « Tu n'en mangeras point : car du jour où tu en mangeras, tu dois mourir ! »*

Le serpent dit à l'homme :

— *Non, vous ne mourrez point : mais l'Éternelle sait que, du jour où vous en mangerez, vos yeux seront dessillés, et vous serez comme l'Éternelle, connaissant le bien et le mal.*

L'homme jugea que l'arbre était bon pour la nourriture, qu'il était attrayant à la vue et précieux pour l'intelligence ; il cueillit de son fruit et en mangea, puis en donna à sa femme, et elle en mangea. Leurs yeux à tous deux se dessillèrent, et ils connurent qu'ils étaient nus. Ils se mirent à coudre des feuilles de figuier et s'en firent des ceintures. Alors ils entendirent la voix de l'Éternelle, parcourant le jardin du côté d'où vient le jour. La femme et son compagnon se cachèrent de la face de l'Éternelle, parmi les arbres du jardin. L'Éternelle appela la femme et lui dit :

— Où es-tu ?

Elle répondit :

— J'ai entendu ta voix dans le jardin ; j'ai eu peur, parce que je suis nue, et je me suis cachée.

Alors elle dit :

— Qui t'a appris que tu étais nue ? Cet arbre dont je t'avais défendu de manger, tu en as donc mangé ?

La femme répondit :

— L'homme – que tu m'as associé – c'est lui qui m'a donné du fruit de l'arbre, et j'ai mangé.

L'Éternelle dit à l'homme :

— Pourquoi as-tu fait cela ?

L'homme répondit :

— Le serpent m'a entraîné et j'ai mangé.

L'Éternelle dit au serpent :

— Parce que tu as fait cela, tu es maudit entre tous les animaux et entre toutes les créatures terrestres : tu te traîneras sur le ventre, et tu te nourriras de poussière tous les jours de ta vie. Je ferai régner la haine entre toi et l'homme, entre ta postérité et la sienne : celui-ci te visera à la tête, et toi, tu l'attaqueras au talon.

À la femme Elle dit :

— Puisque tu as cédé à la voix de ton époux, et que tu as mangé du fruit de l'arbre dont je t'avais enjoint de ne pas manger, j'aggraverai tes labeurs et ta grossesse ; tu enfanteras avec douleur.

À l'homme Elle dit :

— Maudite est la terre à cause de toi, c'est avec effort que tu en tireras ta nourriture, tant que tu vivras. C'est à la sueur de ton front que tu mangeras du pain. La passion t'attirera vers ton épouse, et elle te dominera.

§

FICTION

Selon quelques alarmistes toujours prêts à envisager le pire, le pays était menacé par des envahisseurs dont les oreilles ressemblaient à celles de la petite souris rendue célèbre par Walt Disney. Quel danger menaçait donc la nation ? Des rongeurs allaient-ils s'emparer des administrations, des bureaux de poste, des écoles, et fouler aux pieds une république ? Ils faisaient peur. Leur accoutrement n'avait pourtant rien d'effrayant. Comment des clowns déguisés en Mickey auraient-ils menacé un trésor légué par les patriarches des origines et transmis avec mille précautions pendant des générations à nos citoyens d'aujourd'hui ? Pourquoi ? Parce que les grandes oreilles dressées sur la tête des nouveaux venus n'étaient pas mais alors pas du tout une clownerie. Le port de ce couvre-chef était une manière d'honorer Grand Mickey, selon les prescriptions gravées dans le livre qui les accompagnait partout. On y apprenait que des humains qui n'obéissaient pas à leur loi finiraient brûlés dans les flammes de l'enfer.

L'invasion s'étendit à tout le pays, facilement et sans bruit. Facilement car, à quelques exceptions près, ces gens dont les mœurs étaient différentes de celles des indigènes, prenaient mille précautions pour ne pas porter atteinte aux règles du pays conquis. Tel César homme de guerre respectueux des coutumes locales des provinces occupées par ses légions, les centaines de milliers d'intrus qui déferlèrent sur le pays s'efforcèrent de ne pas souiller le trésor républicain : grandes oreilles oui, mais pas dans le service public. D'ailleurs les gens d'ici les en félicitaient. Et quand quelque fou, ivre de république, refusait de voir son enfant accompagné par un être à grandes oreilles lors d'une sortie scolaire, il était vite ramené à la raison, de sages enseignants lui rappelaient que les sorties éducatives étaient précisément des *sorties*, et que le respect de la laïcité était plus que jamais respecté *à l'intérieur* de l'école. Dans les crèches publiques, les Mickey respectueux de la loi ne mettaient jamais les pieds. Employés de plus en plus dans les administrations car de plus en plus nombreux, au pointage du matin, ils ôtaient leurs oreilles et les rangeaient avec précaution dans leur poche, en évitant de les froisser. Rassurés, les gens d'ici constataient alors que ceux venus d'ailleurs n'avaient rien d'effrayant, et même qu'ils leur ressemblaient. On avait craint une guerre, ces gens apportaient la paix et même plus, ils suscitaient dans la population locale jusque-là un peu endormie, un nouveau sentiment, mélange de curiosité et d'empathie interrelationnelle. Les gens les plus fidèles aux traditions rengainèrent leurs armes, les maires des plus petits villages cédèrent pour une bouchée de pain des terrains en friche où s'élevèrent bientôt des palais encore plus hauts que celui pourtant déjà magnifique de la Belle au bois dormant. Les envahisseurs ne l'étaient plus, ils étaient accueillis et purent ainsi pratiquer leur culte.

Au début, les natifs habitués au calme dans les milieux de journée se dirent gênés par les chants entonnés depuis la hauteur des édifices, d'où les nouveaux venus chargés des offices appelaient leurs ouailles à la prière. En chipotant un peu, on pouvait juger ces appels sonores peu respectueux du principe de séparation de la religion d'avec l'état. D'autant plus qu'en rapport avec l'augmentation de la population nouvelle, le nombre de fidèles augmentait, auxquels il fallut ajouter une multitude de nouveaux adeptes parmi les gens d'ici, attirés par les mystères d'un rite inconnu, aussi par le goût du neuf et de l'exotique. Les cultes traditionnels perdant leurs adeptes, il ne fut pas nécessaire de construire de nouveaux monuments, églises, temples et synagogues furent transformés, il suffisait de décrocher les symboles religieux surannés et de laisser les murs nus, car le culte venu d'ailleurs interdisait la représentation des personnages divins, le seul signe qui le distinguait des autres étant, comme on vous l'a dit, le port par les fidèles de deux grandes oreilles, ce qui était suffisant pour attirer le regard et dispensait les religieux de longs discours pour convaincre, car on sait quel prix les hommes accordent aux apparences, tentés qu'ils sont toujours de prendre leurs congénères pour modèles. Dans les radios, les journaux, on ne parlait plus que de cela, le pays entrait dans une ère nouvelle. On nous répétait que partout dans le monde où des peuples différents s'étaient rencontrés, l'humanité tout entière avait fait des pas de géant. Les progrès humains étaient dus au mélange, à l'échange, d'ailleurs le vocabulaire s'enrichit, de verbes au mode infinitif on fit des noms communs, on parla du « *vivre ensemble* », et même les personnes qui n'avaient pas réussi à l'école prononcèrent des mots difficiles comme *Multiculturalisme*, et malheur à celui pour qui le *respect de la Diversité des cultures* n'était pas une cause nationale. Il était mis à l'écart, on l'accusait de xénophobie, accusation d'ailleurs injustifiée car les gens dont il craignait la présence n'étaient plus depuis bien longtemps des étrangers, si toutefois ils l'avaient été un jour.

Ainsi le pays tout entier se mit à vivre à l'heure de Mickey. De grandes oreilles se dressaient partout, sans aucune atteinte à la laïcité, car dans ces lieux où le service public n'existait pas : rues, usines, commerces, hôtels, restaurants, banques, garages, parkings, foires, fêtes et kermesses locales, colonies de vacances, clubs sportifs, plages, campings, chaînes de télévision, cinémas, théâtres, stades, arènes, cliniques, centres de rééducation, partis politiques, syndicats, on vit même d'anciens libres penseurs, des laïques de la tendance dure arborer des oreilles de Mickey à la tribune de leurs congrès. Mais aussi, car il faut vivre avec son temps, les adeptes de la foi nouvelle s'installèrent partout où le service public avait perdu de sa superbe : gares, bureaux de poste, hôpitaux, écoles, cantines, universités, crèches, musées, chaînes de télévision. À l'exception des nostalgiques du passé, personne ne regrettait la disparition de services publics qui coûtaient bien cher en comparaison de ce qu'ils rapportaient. De mauvaises langues chuchotaient même que parmi ces nostalgiques on comptait des personnes qui, craignant une promiscuité dangereuse, ne confiaient plus leurs enfants au service public d'éducation, lui préférant une école privée qui coûtait cher, mais qui ferait d'eux des citoyens instruits et honnêtes. Donc, pas de regret. La république n'avait pas besoin d'ennemis pour faillir, elle s'éteignait toute seule.

À ce qu'on pouvait croire. C'est là qu'on voit la force des institutions : certes, au palais présidentiel, le personnel était dans les cartons, président, secrétaires, sous-secrétaires se préparaient au départ. Je sais ce que vous pensez, qu'ils étaient chassés, qu'un coup d'État avait mis fin à deux siècles de démocratie ? Pas du tout ! Le pays dont je parle n'était pas une république bananière, dans laquelle quelque bande bien organisée et armée peut en un rien de temps, avec la complicité d'un traître, déplacer quelques pions au sommet d'un état. Non le pays dont je parle était une république authentique, un état de droit sorti, tel Athéna casquée du crâne de Zeus, du cerveau d'esprits éclairés, déployé dans la rue en barricades, produit de l'alliance du peuple et de la philosophie. Ainsi, le seul danger qui pouvait guetter la république était le peuple, puisque c'était lui et lui seul qui décidait, en élisant ses représentants. Quand l'échéance arriva, il choisit pour président un individu bizarre, sur la tête duquel poussait des grandes oreilles, on aurait dit Mickey Mouse. Et dans les couloirs du palais, partout une multitude de petites souris prit possession des lieux. Elles grimpaient partout, s'insinuaient dans les moindres recoins, fouillaient dans les dossiers, et comme elles savaient écrire, dressaient des listes de noms et les communiquaient à d'autres qui battaient le pavé en bandes dans les rues. La suite je ne peux la raconter, je n'en ai ni l'envie ni le courage. D'ailleurs tout cela n'est pas possible, j'ai fait un mauvais rêve ou j'exagère. Oui, c'est ça, j'exagère. Une chose par contre que je range dans le domaine du possible : si un jour des souris à grandes oreilles s'emparent du pouvoir, il y aura toujours un ami, un commentateur, peut-être même un philosophe pour dire : On ne savait pas, on ne pouvait pas prévoir.

§

LA VOIE BALTE

Suite au Pacte germano-soviétique :
Du 17 juin 1940 au mois de juin 1941, la Lettonie fut occupée par les forces militaires soviétiques.
Suite à la rupture du Pacte :
De juillet 1941 à juillet 1944, la Lettonie fut occupée par les forces militaires de l'Allemagne nazie.
Suite à la victoire de l'URSS sur l'Allemagne nazie :
De juillet 1944 au 21 août 1991, la Lettonie subit sa troisième occupation, cette fois encore par les forces armées soviétiques.

Mikelis Liepins, né en 1919, père de Gerda ;
Nikolajs et Ilze, nés 1914, parents de Jazeps ;
Olga née en 1943, Oswals en 1941 sans enfant ;
Jazeps et Gerda, nés en 1941, parents de Reinis et Aija ;
Reinis, né en 74, 15 ans, Aija, née en 78, 11 ans.

Nous sommes à Lilaste, un village letton, au bord du golfe de Finlande. Des gens sont rassemblés sur la place de l'église. Des tables ont été dressées, sur lesquelles des employés de la mairie déposent des sandwiches, des fruits et des boissons. Du café bien chaud a été servi, du thé aussi. L'attente est longue, surtout pour les enfants. Dans ce hameau, il n'y a rien pour les distraire. Alors ils courent partout, s'inventent des jeux et des histoires. Reinis a quinze ans, sa sœur Aija onze ans. Ils restent près de leur tante, le nez collé à la fenêtre, curieux de connaître la cause de ce rassemblement. Reinis croit savoir, car hier les professeurs de sa classe ont fait des déclarations. Il se tourne vers sa tante :

— Olga, raconte-nous ! Tu devais nous parler de papa et de grand-père Nikolajs…

— Votre papa, vous savez où il est. Un de ces jours, quand nous aurons de meilleures nouvelles, nous lui rendrons visite tous les trois. On passera la journée à Riga, il y a des cinémas, des restaurants… Vous êtes grands maintenant, mais savez-vous, revenir sur le passé, c'est difficile, c'est triste.

Reinis :

— Au lycée on en parle !

— Votre grand-père… Il faut revenir sur ces terribles journées de 1941. Les derniers jours de l'occupation soviétique ont été très durs. Les 13 et 14 juin, plusieurs milliers de gens, dont 2400 enfants de moins de dix ans furent arrêtés sans aucun jugement. Certains furent surpris en pleine nuit, et durent faire leur baluchon en vitesse, rassemblant vêtements et un peu de nourriture. À la gare, femmes et enfants étaient séparés des hommes, puis entassés dans des wagons à bestiaux, destination inconnue. Dans l'un des convois de juin 41, il y avait votre grand-père Nikolajs.

— Qu'est-ce qu'il avait fait ?

— Il était officier dans l'armée lettone avant l'arrivée de l'Armée rouge. Depuis le 10 juillet 40, l'armée passait progressivement sous le contrôle idéologique des Soviétiques. Mais une certaine résistance patriotique se manifestait parmi les soldats. Le Corps dont faisait partie Nikolajs fut envoyé dans le nord, et ses officiers reçurent l'ordre de se rassembler pour un « entraînement spécial ». C'était un piège. Ils furent tous désarmés, arrêtés et déportés à Norilsk en URSS, au-delà du cercle polaire. Il ne revit jamais sa terre natale. Il ne connut pas son fils Jazeps né quelques mois après. Sa femme Ilze éleva seule le petit, comme elle pouvait. Il n'allait pas souvent à l'école…

Aija :

— Ce n'était pas obligatoire ?

— Si, mais là où ils habitaient elle était loin et de toute façon il était de ces enfants qui ne sont pas bien à l'école. Après la guerre, à quinze ans, il travaillait ici ou là dans des fermes pour quelques sous qui n'étaient pas de trop à la maison. Puis il rencontra Gerda dont le père, Mikelis Liepins, riche propriétaire terrien, jugé comme « koulak », avait été déporté dans une région éloignée d'URSS en 1949. Grâce à d'anciens employés de son père, Gerda avait récupéré quelques lopins de terre qu'ils exploitèrent tous les deux jusqu'à la naissance d'Aija. Mais en 1978, la vie avec Jazeps devint difficile, il s'absentait sans raison, errant dans la campagne, ne travaillait plus aux champs, et surtout devenait violent à la maison.

Aija :

— Il battait maman ?

— Non, pas du tout, mais ses gestes étaient incontrôlés, il se mettait en colère sans raison. Pour tout te dire, ils n'étaient plus heureux ensemble. Et Gerda avait peur pour vous. À sa demande, le médecin fit les démarches nécessaires pour l'admission de votre père dans un hôpital spécialisé, à Riga. De mon côté je n'avais plus personne, pas de mari, pas d'enfant, je vins habiter chez votre maman à Mazirbe. Comme je parlais couramment le russe, j'occupais un poste de secrétaire à l'École maritime soviétique, à proximité du village. Grâce à mes ressources personnelles, j'apportai donc un peu de grain à moudre dans mon nouveau foyer. J'étais surtout heureuse d'aider ma grande sœur dont la vie avait été vraiment pénible.

Aija :

— Tante Olga, tu nous avais dit que grand-père Nikolajs avait fait des photographies du coin où vous habitiez…

Olga ouvre un placard, sort une boîte en métal un peu rouillée, et la pose devant Reinis et Aija, impatients.

— Vous savez, elles ne sont pas classées… On dirait des cabanes, mais ce sont les maisons des pêcheurs. Ces images sont un témoignage savez-vous ? Car un jour les pêcheurs ont été chassés, et l'armée russe s'est installée tout le long de la côte avec des canons, des casernes et des miradors. Auparavant, Nikolajs s'était fait des amis parmi les pêcheurs, il travaillait au fumage des poissons. Il était doué aussi en menuiserie, et construisait lui-même les petites guérites qui servaient à cela. En voilà une justement, vous voyez la fumée s'échapper par le haut ? Il y avait un trou dans le sol pour le feu, et une porte, elle est fermée sur l'image.

Aija sort une photo qui dépasse du tas :

— Sur la plage, c'est toi et maman ?

— Ah oui, c'était notre distraction le dimanche, on revenait de l'office en collectant les plus beaux coquillages. D'autres fois nos parents préféraient flâner dans le cimetière en forêt, près de l'église luthérienne à Kosrags. Un marchand ambulant proposait des Silku fileja avec du fromage blanc. Un autre du Sklandrausis bien chaud, une sorte de gâteau de carottes qu'on pouvait manger à toute heure de la journée. On revenait par un sentier dans la forêt.

Reinis :

— Elle existe encore ? L'armée a peut-être abattu les arbres pour mieux voir ?

— Je ne sais pas. Voilà bientôt dix ans que je ne suis pas retournée là-bas. Mais je peux vous dire que cette forêt, la mer, les plages, les champs et toutes ces terres avaient une grande importance pour nous et pour tous les Lettons : c'est ici qu'étaient arrivés les Lives, nos ancêtres, il y a des millénaires !

Dans la rue, de la musique est diffusée par haut-parleurs. Par la fenêtre entrouverte, on entend aussi des cris et des rires d'enfants. Olga se lève, referme et revient s'asseoir, sort de la boîte un autre paquet de photos.

— Nikolajs allait quelquefois à Riga, c'est une très belle ville, notre capitale ! Voilà la Tour poudrière, la Maison des Têtes noires, le pont qui enjambait la Daugava. Il aimait se promener et prendre des clichés des bords de l'eau. Il m'avait emmenée une fois, nous avions mangé sur la place de l'église Saint-Pierre. Nous avions bien apprécié le foie de dinde sauce de Latgale.

Aija :

— Tante Olga, tu pleures ?

— C'est à Riga, un triste jour, que mon Oswals a été arrêté. On était en 1968. Je l'ai attendu des jours et des jours. En vain. Un camarade du Mouvement est venu un peu après pour me dire qu'il avait été dénoncé et que la Milice suivait ses traces depuis longtemps. Ils ont attendu, et finalement ils ont arrêté tout le réseau. La Résistance en a pris un coup, pas seulement dans la capitale. On ne sait pas ce qu'ils sont devenus. Moi je le sais. Connaissant les méthodes de la Milice, je le sais. Mais d'autres patriotes ont repris le flambeau, et le Mouvement pour l'indépendance de la Lettonie a même pris de l'ampleur car la population supportait de plus en plus mal l'Occupation.

Aija :

— La maîtresse nous a dit que les Lettons étaient des gens courageux…

— …certains oui, comme ton oncle. Mais pendant les trois occupations que notre pays a connues, beaucoup d'entre nous ont gardé le silence, et quelques-uns ont même collaboré avec les occupants.

Reinis :

— Collaboré ?

— Quand la Wehrmacht est arrivée en juin 41, certains ici l'ont acclamée, croyant qu'elle allait nous libérer de l'occupation soviétique qui avait réussi en à peine un an à mettre le pays à genoux. Tu connais la suite, Reinis. Les nazis ont été des monstres. Les juifs, qui ici en Lettonie n'avaient connu ni ghettos ni pogroms, ont été les premières victimes de la barbarie fasciste. En un an d'occupation allemande, plus de 65 000 juifs lettons ont été exterminés !

— Les gens d'ici n'ont rien fait pour les protéger ?

— On ne peut pas dire ça. Cinquante ans après, c'est facile de dire : « Voilà ce qu'il aurait fallu faire ! » Par contre, comment comprendre que certains de nos compatriotes se soient engagés en 1943 dans la « Légion SS volontaire lettone » ?

Reinis :

— La prof d'histoire a dit qu'ils n'étaient pas volontaires, mais que les nazis les avaient engagés de force.

— Le saura-t-on jamais ? Mais… je vois la grande aiguille sur le dix ! Les enfants, ça va être bientôt l'heure ! À propos, pourquoi sommes-nous ici aujourd'hui, endimanchés, prêts à rejoindre tous ces gens dans la rue ?

Reinis :

— Je pense à maman. Comme elle aurait été heureuse ! Notre petite maman.

Il a des sanglots dans la voix.

Olga :

— D'où elle est, dans les étoiles, elle verra tout. Et bien mieux que nous ! Vous n'avez pas répondu à la question…

Reinis :

— Parce que nous sommes le 23 août 1989, c'est le cinquantième anniversaire du Pacte germano-soviétique.

— Oui, cinquante ans ! Nous allons tous ensemble tourner une page, j'espère pour toujours. En avant !

Ils sortent tous les trois, Reinis et Aija retrouvent des camarades de classe, Olga des amies du quartier. Mais il faut se presser, le maire donne les consignes par haut-parleur :

— Mes chers amis, il me reste cinq minutes pour vous dire quelques mots. Tous, ici, aujourd'hui, vous auriez pu les dire. Il y a cinquante ans deux dictateurs fous ont signé un pacte contre nos parents, nos grands-parents, contre les millions d'habitants de la

Lettonie, de la Lituanie, de l'Estonie. Mais en fait ce pacte était signé contre l'humanité entière, car la guerre qu'ils ont provoquée a été menée avec cruauté contre les peuples, contre des millions d'innocents. Aujourd'hui nous sommes deux millions de personnes, de tous âges qui allons, de Tallinn à Vilnius en passant par Riga et par notre village, qui allons en nous donnant la main, former une chaîne humaine. Contre toutes les dictatures, de droite comme de gauche, de l'est et de l'ouest, symbole de la paix, nous proposons au monde la Voie balte. Ne craignez rien. La milice anti-émeute n'interviendra pas, bien qu'elle respire encore, il ne lui reste que quelques jours à vivre. Soyons vigilants ! Merci d'être là. Merci.

Le maire est applaudi. Une sirène retentit. Elle annonce l'heure convenue, le moment précis où trois peuples doivent se donner la main. Aija, Reinis et tante Olga se rangent dans la chaîne. La petite serre la main d'Inese sa copine de classe. Reinis aurait voulu se rapprocher d'Ilona, une camarade du lycée, mais la place est déjà prise. Sa tante le tient fermement par la main. À quoi pensent-ils ? À qui ? Olga ferme les yeux et se rappelle le beau visage d'Oswals, résistant du Front populaire de Lettonie, combattant courageux pour la liberté. Aija et Reinis, les larmes plein les yeux pensent à leur maman Gerda. Reinis a une pensée aussi pour le soldat Nikolajs, son grand-père.

§

NADIA

La petite passait son temps à rêver, qu'est-ce qu'elle pouvait faire d'autre, assise contre un mur, avec pour seul spectacle, pataugeant dans la neige, les souliers des dames, des messieurs et des enfants qui se rendaient à la fête. C'était Noël. Elle se rappelait les cadeaux au pied du sapin, les guirlandes, la maison où il faisait chaud, quand elle voyait à travers les carreaux les flocons planer sur les toits, les voitures, et les derniers garnements qui n'étaient pas encore rentrés et qui se battaient à coups de boules de neige. Oui, les cadeaux au pied du sapin, son père qui l'aidait à défaire les rubans, à ouvrir les paquets. Elle se rappelait surtout ce petit carton de rien du tout d'où sortit une boule de poils marron et son papa qui lui dit d'attendre. Il sortit les piles de sa poche et les glissa sous la fourrure, alors l'ourson se mit à parler :

« Bon jour Na dia. »

Il ouvrit grand les yeux et sa queue se mit à tourner. Et sa maman, resplendissante, riant aux éclats en voyant Mickey, c'était leur petit chat noir, qui faisait le fou entre les cartons et les papiers d'emballage. Qu'elle était belle sa maman. Oui qu'elle était belle.

Mais les années étaient passées, et de grands malheurs étaient survenus. D'abord papa était parti en voyage, très loin, dans des pays tellement lointains que maman ne les trouvait pas sur la carte. Après il fallut quitter la maison, des hommes étaient venus les chercher, ils étaient en uniforme et très gentils, un gros avait pris Nadia dans ses bras et les autres les bagages. Les meubles étaient restés là mais c'était provisoire. Après, dans une autre ville, elles furent accueillies dans une grande maison où il y avait beaucoup d'autres femmes et des enfants. Nadia bien sûr se fit des copines, mais comme c'était très loin de chez elle, elle changea d'école, de maîtresse, en pleine année scolaire, et tous les élèves dans la classe la regardaient et l'appelaient la nouvelle. Elle s'en fichait complètement, et ne tarda pas à se faire remarquer, mais dans le bon sens, grâce à ses résultats dans toutes les matières. Quand elle rentrait le soir, elle n'avait pas beaucoup à marcher, le foyer d'accueil était tout près. C'est comme cela qu'on appelle là-bas les grandes maisons pour les mères avec des enfants. Parfois, elle attendait sa maman sur le seuil, et longtemps. Fatiguée, elle embrassait sa fille en souriant, mais ce n'était pas un vrai sourire. Les jours passaient, les mois, puis une année.

Un beau matin, il leur fallut quitter le foyer car le délai était passé. D'autres gens étaient sans toit, et il fallait donner leur chance à eux aussi. Depuis ce jour, Nadia et sa maman erraient dans les rues, à la recherche de nourriture, d'un toit et d'un lit pour dormir. Comme l'hiver approchait, elles firent une réserve de cartons qu'elles récupéraient dans les boutiques. Quand c'était une épicerie, elles avaient souvent droit à un petit cadeau, une boîte de pâté, des tranches de jambon dans du pain, un bol de chocolat chaud. Il y a vraiment sur terre des gens pour venir en aide à ceux qui sont dans le besoin.

La preuve, qu'il y a sur terre des personnes qui ont du cœur, c'est qu'un jour Nadia et sa maman eurent droit à un cadeau beaucoup plus important. Dans un escalier qui n'en finissait pas, elles suivirent un vieux monsieur essoufflé jusqu'à un appartement tout en haut d'un immeuble. Dans la pièce, il y avait le nécessaire, sauf les toilettes et le robinet, il fallait aller sur le palier. En montant sur une chaise, de la lucarne Nadia voyait l'animation de la ville. Le plus étonnant, c'était tous ces toits, imaginer que sous chacun d'eux, il y avait des gens qui vivaient, des enfants qui jouaient ou qui dormaient, ou qui se faisait gronder par leurs parents. Tout allait pour le mieux, car la mère de Nadia travaillait au rez-de-chaussée chez des personnes très riches, très polies et qui parlaient dans la langue du pays, aussi bien et distinctement que la maîtresse à l'école. Entre le repassage, le ménage, la couture et la cuisine, c'est sûr qu'il y avait à faire. Mais au moins maintenant, on était au chaud et on avait le ventre plein. Oui on avait le ventre plein le matin, le midi et le soir, et tous les jours. C'était presque aussi bien que quand papa était à la maison, mais quand même pas autant.

Il fallut encore changer d'école, Nadia était encore la nouvelle. Elle fut bien accueillie par tout le monde sauf par deux ou trois prétentieuses qui regardaient son habillement, pourtant il n'y avait rien à voir de spécial, Nadia était propre et bien mise. On s'étonnait aussi que jamais son papa ne vînt la chercher à la sortie des cours. Elle expliquait qu'il était en voyage très loin. Les papas des autres aussi partaient souvent en voyage, pour leur travail. Mais moins longtemps. Ils allaient moins loin.

Le monsieur du rez-de-chaussée vint à mourir. Sa veuve fut recueillie par ses enfants qui mirent leur appartement en vente, et la chambre du sixième en même temps. La maman de Nadia se trouva une nouvelle fois sans ressources.

Elles marchèrent longtemps dans les rues de la grande ville, elles étaient fatiguées, mais quand il fait froid et qu'on n'a rien pour s'abriter, il faut remuer, marcher. C'est bien beau de dire ça, mais quand on n'a rien mangé ou presque, on se fatigue vite. Dans un coin de la rue, à l'abri du vent du nord, elles s'arrêtèrent et s'assirent par terre, appuyées contre un mur, Nadia serrait contre elle Pupuce, c'était son doudou, son ourson. Depuis bien longtemps Pupuce ne parlait plus, ne remuait plus la queue, n'ouvrait plus les yeux. Le jour où ses piles avaient rendu l'âme, Pupuce était mort.

— Incroyable ! Regardez cette enfant dans la rue qui meurt de froid…

Un homme, bien habillé avec une moustache et un chapeau, leva sa canne en direction de la femme, et prenant à témoin les autres passants, s'écria :

— Madame, avez-vous conscience de ce que vous faites ? Cette petite meurt de froid.

— Mais c'est que nous ne savons pas où aller.

Alors le monsieur se mit en colère :

— Enfin madame, il y a des hôpitaux, des asiles, des gymnases pour les gens comme vous ! Remuez-vous un peu !

D'autres qui passaient par là n'avaient pas tout entendu ce qu'avait dit l'homme, mais ils firent signe oui de la tête et s'en allèrent d'un pas pressé car il faisait très froid et la neige se mettait à tomber. Oui c'était vraiment incroyable qu'une fillette de… de combien déjà… d'à peine huit ans… restât adossée grelottante contre un mur, sur le trottoir d'une grande ville, en plein hiver. Bien sûr elle avait sa maman à son côté pour la réchauffer, mais savez-vous, quand il fait zéro degré et qu'il neige, la plus câline des mamans ne remplace pas un bon feu.

Nadia aurait bien voulu tendre la main aux passants comme le faisait sa mère, mais elle ne le faisait pas. Elle avait compris que les questions d'argent étaient le domaine des adultes, et comme c'était une fille très intelligente, sa mère n'avait pas eu besoin de lui dire deux fois que c'était déjà honteux pour elle de mendier, qu'elle aurait préféré mourir que de voir son amour de petite fille faire l'aumône.

Tout l'hiver se passa comme cela. Une fillette et sa maman erraient dans les rues, vivant de la charité et de la soupe pour les pauvres, mais le soir, adossées contre leur mur, transies, elles ne dormaient pas, et Nadia demandait toujours et encore à sa maman de lui raconter.

— Je te l'ai déjà dit mille fois ! Le jardin sera planté d'arbres gigantesques venant de tous les continents…

— Et des tropiques !
— Oui et des tropiques. Et là-bas, tout là-bas, car le jardin…
— Tu avais dit un parc…
— …tout au bout du parc, de l'autre côté du lac, on pourra faire du bateau sur le lac, se dressera…
— …notre maison !
— Pas une maison, Nadia. Un château !
— Tu as oublié les animaux, les biches…

A ce moment, au-dessus de leurs têtes des fenêtres s'ouvrirent, des gens apparurent échevelés, d'autres en bonnet de nuit. On entendait leurs radios, ils se faisaient de grands signes et criaient tellement fort et tous en même temps que Nadia ne comprenait pas ce qu'ils voulaient. Ils avaient l'air heureux, certains se mirent à chanter, beaucoup riaient. Des drapeaux apparurent, plantés entre les barreaux des balcons. Puis des bruits de moteurs et de klaxons, des voitures passèrent à toute vitesse, avec des gens sur les capots qui faisaient de grands gestes, chantaient à tue-tête, hurlaient. L'un d'eux, qui passait sa tête par la portière, apercevant la petite et sa mère, dessinant un V avec ses doigts, leur cria : « Liberté ! ». Nadia était un peu perdue, car c'était la première fois qu'elle voyait tant d'agitation, mais elle n'avait pas peur, elle était comme au cinéma. Sa maman s'était levée, et répondait aux gens par des signes de la main, elle souriait. Maman souriait, et pour la première fois ce n'était pas à Nadia qu'elle souriait. Puis ce furent des explosions de pétards, des enfants des immeubles se retrouvaient dans les rues, montaient sur les voitures, interpellaient d'autres restés sur les balcons. De toute la nuit, Nadia et sa maman ne purent fermer un œil. Et ce qui devait arriver arriva, quand le soleil fit son apparition à l'angle de la rue, elles s'endormirent.

C'était le premier jour du printemps. Mais jamais dans aucun pays du monde la plus belle saison n'avait été fêtée avec autant de ferveur. Les gens n'avaient pas dormi, mais ça ne fait rien, tout le monde était dehors. On chantait, et maintenant on dansait. Les voitures ne passaient plus. Comment auraient-elles pu, avec cette foule qui se répandait dans la rue. Dans la rue où, dans un coin, assises au pied d'un mur, calées contre une descente de gouttière, une femme et une fillette dormaient.

Bon jour Na dia…

La petite frotta ses yeux, et chercha son ourson. Pupuce était bien là. Mais comment pouvait-il parler, alors que sans ses piles il était mort ?

— Nadia, ma chérie !

Elle leva les yeux. Devant elle se tenait un homme.

— Papa ?

L'homme s'accroupit, posa sa main sur l'épaule de sa femme.

Est-il besoin de nous étendre sur la joie qui, ce matin-là fut celle d'une maman et de sa fille ? La joie ? Oh, beaucoup plus que cela. Car de ce jour, certes des malheureux il y en aura toujours, des pauvres, des meurs la faim, des enfants sans père, sans mère il y en aura toujours. Mais ils ne seront plus abandonnés sans secours, ni méprisés par ceux qui sont pourvus de tout. Nadia se souvient de cet homme qui, par la portière lui avait crié « Liberté ! ». Voilà, c'est cela qui avait changé, la misère était toujours là, mais Nadia avait retrouvé son père, un homme avait rejoint sa femme, des milliers de gens de toutes les couleurs, de tous les âges chantaient et dansaient dans les rues, il n'y avait personne en uniforme pour les arrêter, ni même seulement pour leur faire les gros yeux.

Personne ne connaît la suite de cette histoire, les parents de Nadia ont-ils maintenant un travail, un toit, de quoi se nourrir, de quoi rendre heureuse une fillette de huit ans ? Certainement oui, car quand on est réunis, tout est possible.

§

DANS SA CELLULE, MONSEIGNEUR

Le faible rayon lumineux qui pointait entre les barreaux révélait à peine les lézardes et les cafards qui couraient le long des murs. Ce n'était pas tant l'obscurité – les hommes d'église y sont habitués – qui tourmentait le prélat, mais plutôt l'injustice dont il était victime.

Du jour où, par décret, le gouvernement avait interdit les sectes, on pouvait s'attendre à tous les abus. L'inévitable s'était produit lorsque le Procureur, en pleine audience, avait brandi le sixième tome du *Littré*, ouvert à la lettre « S » :

« Secte : ensemble de personnes qui font profession d'une même doctrine. »

L'accusé avait bien tenté de faire valoir la sagesse de l'Église, en l'opposant à l'outrance et à l'irresponsabilité des religions minoritaires. Mais le Procureur, emphatique, avait cité Jean-Jacques Rousseau :

« *Je considérais cette diversité des sectes qui règnent sur la terre, et qui s'accusent mutuellement de mensonge et d'erreur ; je demandais : Quelle est la bonne ? Chacun me répondait : c'est la mienne.* »

Dans sa cellule, Monseigneur tentait bien de se consoler, en se disant que les condamnations n'épargneraient pas les protestants. Mais ce mot le fit frémir car il lui rappelait la période héroïque de la Révocation de l'Édit de Nantes et son cortège de bûchers, galères, supplices de la roue et potences, ingénieux moyens mis en œuvre par l'imagination catholique jamais à court de créativité pour en finir avec l'Hérésie.

Dans sa cellule, Monseigneur tentait bien de se consoler, en se disant que les condamnations n'épargneraient pas les imams. Mais ce mot le fit frémir car il lui rappelait la période héroïque et sanglante des Croisades pour la Reconquête de la Terre Sainte.

Dans sa cellule, Monseigneur tentait bien de se consoler, en se disant que les condamnations n'épargneraient pas les rabbins. Mais ce mot le fit frémir car il lui rappelait ce millénaire et demi de périodes héroïques émaillées de rouelles, étoiles, dénonciations, expulsions et déportations.

Monseigneur chassa de son esprit toute idée de revanche. Après tout il était vivant, entier, et n'avait pas été contraint d'avouer sous la torture. Le gouvernement était énergique, la prison peu réjouissante, mais la démocratie, même laïque, avait du bon.

§

LE TIR AU BUT

On connaissait la situation difficile dans le pays, mais jamais on aurait imaginé une finale de Coupe du monde de football aussi mouvementée. On en était aux tirs au but, car au bout des 90 minutes, et après les prolongations, les deux équipes n'avaient pu être départagées. Au grand désespoir des 500 000 supporters locaux qui, depuis les premières heures de la matinée dans cet immense stade, manifestaient un soutien inébranlable à leurs champions. Installés dans la tribune officielle, le président en uniforme, les ministres au grand complet et les généraux de toutes les armées, assistaient au spectacle, ce qui ne manquait pas de donner à l'événement qui n'aurait dû être au départ que sportif, un caractère politique manifeste.

Le score était de deux partout avant l'épreuve des tirs. Mais il aurait pu être largement favorable à l'équipe adverse si l'arbitrage ne s'était complaisamment soumis à la pression du public. Deux fautes du pays d'accueil qui auraient pu donner lieu à deux penaltys avaient été sanctionnées pour l'une d'un coup franc et pour l'autre de rien du tout. Les joueurs indignés par ces injustices s'étaient assis en cercle au milieu du terrain, sous les invectives et les sifflets de la foule. Résultat : carton rouge pour le capitaine, et expulsion du terrain. L'équipe réduite à dix avait dû se surpasser pendant le quart d'heure de la dernière prolongation pour éviter le troisième but adverse. Par la qualité de son jeu collectif, adresse et courage aidant, elle y était parvenue.

L'avant-dernier tir au but mal cadré avait une fois de plus laissé les deux finalistes de la Coupe à égalité. Il restait un tir. Le dernier.

Sa réussite ou son échec reposait sur les épaules d'un joueur de l'équipe d'accueil. La foule, debout, entama une ola. Le président et les généraux de toutes les armées se levèrent. Puis le silence se fit. À onze mètres de la cage, l'arbitre posa lui-même le ballon sur le point de penalty.

Martin Amador s'avança.

Les humains que nous sommes ont tous connu un moment où, comme un film, des souvenirs par milliers parcourent notre esprit. Nos parents d'abord se rappellent à nous, par les conseils qu'ils nous ont donnés, les principes qu'ils nous ont enseignés. On pense aussi à celui ou à celle qu'on aime. À nos professeurs, les premiers surtout, à l'école élémentaire, mais aussi les derniers comme ce professeur de philosophie qui, dans ses va-et-vient sur l'estrade évoquait l'impératif catégorique, cette voix intérieure qui nous dit : « tu dois, tu ne dois pas ». Et puis nous sommes adultes après tout, y a-t-il besoin des autres, si sages et instruits soient-ils pour nous dire comment il faut agir ? Quand vous avez un pays entier qui attend de vous un exploit, quand un million d'yeux à quelques dizaines de mètres, dans un silence de cathédrale, scrutent le moindre de vos gestes, quand, debout au milieu de ses ministres, celui qui décide du sort du pays sait qui vous êtes, combien par votre talent vous avez largement contribué à faire flotter en finale le fier étendard national, toute maladresse, toute erreur, toute hésitation sont interdites.

Martin Amador fit quelques pas mesurés vers le ballon, puis, reculant à nouveau, reprit sa position.

Il se rappela la vie à la maison, avec ses frères et sœurs qui mangeaient à leur faim, mais tout juste, ses parents qui travaillaient dur, tous les deux à la mine, et se privaient de tout pour nourrir et habiller leur famille. Il se rappelait aussi ce que, en douce pour ne pas que les enfants entendent, ses parents disaient du président et de ses actions. Martin, plus grand, avait compris. Que des gens des syndicats avaient été kidnappés par des milices, qu'ils avaient été entassés dans des hélicoptères et jetés au large, dans l'océan. Qu'un poète avait eu les doigts brisés afin qu'il cesse pour toujours d'accompagner à la guitare ses chants jugés subversifs. Martin se dit alors que donner la victoire à son équipe, c'était offrir la Coupe du monde à ce dictateur fou, à ses bandes fascistes. C'était aussi fermer les yeux devant l'injustice, faire durer les inégalités sociales, justifier l'exploitation de millions d'hommes, de femmes et même d'enfants qui travaillaient sans protection sociale, dans des conditions inhumaines.

Il avança la jambe droite, en la pressant fort sur le sol car elle tremblait légèrement.

Il se rappela la joie qui fut la sienne quand pour la première fois, ce fut lui qui apporta au foyer familial le fruit de ses performances sportives. Ce n'était pas seulement une médaille, mais de l'argent, du bon argent qui allait changer la vie de ses parents, de ses frères et sœurs. Des larmes coulèrent sur les joues de Victoria, sa maman. Le père se tut d'abord, trop fier. Puis il lui avait glissé dans l'oreille : « Martin, je suis heureux de la pointe des pieds jusqu'en haut de la tête ». Et lui, Amador, porte-drapeau du Cobana football club, avant-centre de l'équipe nationale, lui, adulé par des millions de fans et par ses camarades qui avaient tant compté sur lui pour remporter cette Coupe, lui, le grand, l'immense Amador, dans un accès de colère, allait balayer tout cela en tirant à côté ?

Il ne quittait pas le ballon des yeux. Pas une seule fois il ne redressa la tête dans la direction des gradins. Un silence inhabituel régnait sur le plus grand stade du continent.

Camila était sans doute bien placée, auprès de ses parents à lui pour qui c'était gratuit, faveur accordée aux familles proches des joueurs nationaux. Que pensait-elle de tout cela, Camila ? Certainement que comme d'habitude son champion allait vaincre l'adversité, que ce but en or allait couronner le plus grand joueur du monde. Mais elle était gentille Camila. S'il loupait, elle ne lui en voudrait sûrement pas. L'amour est plus fort que tout. Elle le consolerait, lui dirait que les échecs peuvent être des atouts, qu'ils vous forgent un homme, et que l'adversaire ne perd rien pour attendre.

Il ramena sa jambe droite, remarqua qu'elle ne tremblait plus et la remit en position.

Il se rappela les paroles de son entraîneur, il n'en avait jamais changé, Martin était fidèle autant qu'il était attentif aux bons conseils. Javier lui avait toujours dit que dans les grands moments, et le penalty en est un, il ne faut pas réfléchir. Il faut rassembler en un geste tout le savoir acquis pendant des heures et des années. À l'instant décisif, le seul principe qui compte, c'est la perfection.

Martin Amador tira.

À la vitesse d'un boulet de canon le ballon s'engouffra dans la cage.

Dans un bruit d'enfer, la tribune présidentielle vola en éclat. Le corps du président, tel un pantin démembré s'éleva dans les airs. Des troncs, des bras, des lambeaux humains retombaient ici ou là, en contrebas sur les gradins. Après le moment de stupéfaction, les cris poussés par la foule et la sirène d'alerte ajoutèrent à l'horreur. Les heureux qui avaient eu le privilège – car membres de la nomenclature – de s'installer sous la tribune officielle couraient dans tous les sens, et cherchant une issue, se faufilaient entre les tubes enchevêtrés de l'échafaudage. Sur le terrain les joueurs étaient pétrifiés. Martin se mit à courir en direction de l'ouest, vers le virage où avaient pu s'installer sa famille et Camila. Avant qu'il y parvienne, au grand complet ils étaient là, déjà sur la pelouse. Son père Hilario prit Martin dans ses bras puis, tout en regardant du coin de l'œil la tribune effondrée, ce furent des embrassades à n'en plus finir. Très vite le terrain de foot fut envahi par des milliers de spectateurs. Sur les visages se lisait l'effroi certes mais pas la tristesse. On ne s'interrogeait pas non plus, se demandant qui avait pu faire cela. Non.

Pour les humains que nous sommes, toujours curieux de tout, avides de savoir et de chercher toujours à percer les mystères, eh bien ce jour-là personne ne semblait s'interroger. Les faits, rien que les faits. Le pantin du président était retombé, inerte. Une page se tournait. Des cris se firent entendre, ils venaient du stade lui-même, mais aussi de loin, de la ville et de la campagne. C'étaient des cris de joie, et même les avions de guerre qui passaient dans le ciel ne les étouffaient pas. Quand ils se rapprochèrent, Martin et les autres entendirent des mots qui n'étaient plus prononcés depuis des décennies, République, Liberté, Constitution, Libération et bien d'autres d'une grande beauté.

Le peu de candeur qui reste au fond du cœur de chaque homme insuffla l'idée à Martin qu'il avait bien fait de marquer le but de la victoire, sinon qui sait ? Rien de tout cela ne serait arrivé.

§

RÉUNION SYNDICALE

Une dizaine de collègues étaient déjà assemblés en salle des professeurs et Paul Content, adjoint d'enseignement en anglais, était décidé à ne pas attendre les retardataires – toujours les mêmes – pour donner le coup d'envoi de la réunion syndicale, réunion déjà annulée et reportée à plusieurs reprises depuis la rentrée.

— Bon, il est une heure moins le quart, on a plusieurs points à aborder, on commence…

Certaines discussions s'arrêtèrent. Mais quelques collègues continuèrent à échanger leurs impressions sur des élèves difficiles qu'ils avaient le malheur de partager dans leurs classes. Un professeur non syndiqué qui passait par là et qui, courbé en deux, fouinait dans son casier, crut bon d'intervenir, disant :

— …qu'il était inouï de voir des mômes comme ça fréquenter l'école, qu'ils seraient plus à leur place au boulot à l'usine où ils seraient dans l'obligation d'apprendre un métier, de remuer leur c… et leur matière grise…

Puis il s'en fut, un paquet de copies sous le bras.

Dans un brouhaha indescriptible, les militants les plus déterminés parmi les syndicalistes réunis, outrés par les propos réactionnaires qu'ils venaient d'entendre, réagirent tous en même temps :

— …enfin voyons, à quel âge et par quelle méthode d'investigation est-on en mesure de discerner quel élève pourra poursuivre ses études et quel autre doit entrer dans la vie active ?

— …on peut briser une carrière et même une vie en décidant à la tête du client. On a déjà vu des jeunes en retard scolaire démarrer d'un seul coup, sans prévenir…

— …l'école est obligatoire jusqu'à seize ans…

— …les envoyer à l'usine, c'est les livrer pieds et poings liés à l'exploitation capitaliste…

— …et pourquoi pas les confier aux militaires, pendant qu'on y est ?

Certains, qui étaient venus pour s'informer, s'occupaient de diverses façons, dessinant des arabesques sur la plage vierge d'un tract, maintenant un crayon en équilibre sur la dernière phalange de l'index, soulevant discrètement leur manche pour voir où en était la grande aiguille. D'autres ne disaient mot, ne bougeaient pas, le regard fixé sur l'infini, en proie peut-être à des pensées coupables (sait-on jamais) imaginant avec quelque délectation les pires de leurs élèves entre les mains des militaires, marchant au pas en direction de la caserne, courbés sous le poids d'un énorme sac à dos, exténués, transis au soir d'une journée de manœuvres dans le froid et la boue, sous les ordres d'une brute leur criant aux oreilles les pires insanités sur un air patriotique.

— Je vois que la réunion n'est pas commencée… interrompit une retardataire apparemment rassurée de n'avoir rien manqué d'important.

— Non, non, on allait s'y mettre !

La sonnerie de treize heures laissa tous les propos en suspens car, placée dans le couloir jouxtant la salle des professeurs, on l'entendait fort bien. Tout le monde s'en plaignit :

— Il est inadmissible qu'on inflige un tel supplice à des gens pour qui quelques minutes de calme et de détente ne sont pas de trop.

— Pourquoi pas une sirène non plus ?

— Sous prétexte d'avertir les élèves, voilà bien un moyen insidieux de nous rappeler à l'ordre !

Paul Content proposa d'en souffler un mot au Proviseur. On lui rétorqua que déjà l'an dernier une requête lui avait été faite, mais que l'emplacement de la sonnette avait été déterminé par des raisons de sécurité étant donné que, placée dans la cour elle aurait été exposée aux intempéries qui sont un danger pour le matériel électrique. En outre, le proviseur avait évoqué des problèmes de connexions, de court-circuit, de commission de sécurité, de budget, de domaines de compétence, de décentralisation, de directive européenne et bien d'autres choses très compliquées.

Alors, une collègue excédée ferma son sac et crut bon d'apostropher l'assemblée :

— J'en ai assez de perdre mon temps à subir des conversations de hall de gare, alors que nous sommes confrontés à un ministre qui fait la sourde oreille et que l'heure est plus que jamais à l'action sous toutes ses formes et dans l'unité. Trop c'est trop ! … ajouta-t-elle, et elle prit la porte.

Paul Content regretta le départ de la camarade syndiquée Huguette – militante sincère et convaincue – en précisant :

— …le problème de la sonnerie est loin d'être secondaire et s'intègre à l'ensemble des revendications des personnels, et ce, au plus haut niveau.

Il allait enchaîner sur les propositions d'ordre du jour qu'il avait concoctées la veille en réunion de bureau (en fait de bureau, il avait réuni ses amis politiques, mais chut, le syndicat est libre et indépendant) quand, à 13 h 30 tapantes, la sonnerie retentit. Les chaises ripèrent sur le carrelage, les sacs se bouclèrent, on demanda gentiment aux élèves venus assaillir le professeur d'éducation musicale pour régler l'achat de leurs pipeaux, de dégager le couloir, et les professeurs allèrent rejoindre leurs classes.

Quelques-uns restèrent assis, dont Paul Content qui n'avait pas cours en première heure. Il ferma son cahier sur la couverture duquel était inscrit au feutre vert : « Action syndicale, année 202.-202 » et se rendit à la machine à café.

— Si je peux me permettre…

…commença, d'une voix calme et grave une personne qu'il n'avait pas remarquée, qui pourtant lui faisait face en tournant son café. C'était monsieur Duverney, professeur d'expression artistique, à la veille de la retraite, connu comme celui qui ne faisait jamais grève, qui se disait apolitique, et que des militants du lycée soupçonnaient d'être de droite.

— …je n'oserais pas m'ériger en donneur de conseils, mais je ne saurais trop vous recommander de fixer vos réunions plus tôt dans la semaine, le vendredi, les gens sont très fatigués.

Puis, ayant remarqué que son interlocuteur fouillait et retournait ses poches avec énervement, il tendit à Paul Content une pièce de vingt centimes afin que celui-ci puisse se servir un café bien chaud. Paul le remercia et lui promit qu'il lui revaudrait bien ça.

§

CONSEIL DE CLASSE

— Dossier suivant ? Ah ! Véronique Durand. Qu'est-ce qu'elle devient notre petite Véronique, en mathématiques ?

— C'est nul, nul, nul.

— Trois fois ?

— Oui, trois fois nul.

— Français ?

— Très faible. Cette élève n'est pas au niveau, monsieur le Directeur.

— Pas… au… niveau. Anglais ?

— Difficile de porter un jugement, elle ne vient pas au cours !

— Ne… vient… pas… au… cours. Histoire-géographie ?

— J'ai longtemps cru qu'elle n'apprenait pas ses leçons. Mais c'est pire que cela. La pauvre fille, elle les apprend… si vous voyez ce que je veux dire.

— Éducation physique ?

— Elle est dispensée, monsieur le Directeur.

— Dispensée… Bon, l'appréciation générale, à votre avis, pour cet édifiant troisième trimestre ?

— Excusez-moi, je…

— Oh ! Pardon, j'oubliais l'éducation artistique… oui, Monsieur Duverney ?

— Cette élève est exceptionnellement douée en dessin d'art et en peinture sur verre. La pureté de ses couleurs s'apparente à celle des premiers flamands, le réalisme du trait aux renaissants Italiens, sans les dégradés faciles du sfumato. Admirable. Elle commence à sculpter sur bois, et s'ennuie dans cette classe au rythme trop lent où elle ne peut exprimer toute sa sensibilité.

— En deux mots, votre appréciation ?

— Je ne peux la résumer, monsieur. Je tiens à ce que mon avis soit mentionné textuellement, afin de ne pas sombrer dans l'éloge pur et simple.

Des voix : « Ah ! On n'a pas fini à ce rythme-là… »

— Allez, appréciation générale : *Élève très faible à nulle, sauf en arts plastiques*. Tout le monde est d'accord ?

— Oui.

— Oui.

— Oui.

— Oui.

— Oui.

— Monsieur le Directeur, je propose pour Véronique une autre formulation qui, j'espère, contentera tout le monde :

« *Élève exceptionnellement douée, sauf dans les disciplines non artistiques.* »

§

DIOGÈNE

Le président s'adressait à la personne assise au pied du mur ! Comment en était-on arrivé là ? Il avait pourtant tenu le discours attendu. Que l'importance de la crise avait été sous-estimée, qu'il fallait réduire la dette sans diminuer l'efficacité déjà critique des services publics, que le chômage grâce à ses efforts constants était sur la voie de la stabilisation et plein d'autres choses encore que les Français devaient connaître pour être rassurés et redonner à leur pays son lustre d'antan car ce n'est pas chez nous que les idées manquent encore moins les génies. Il fut question aussi de commémorations, de la condamnation des crimes et des guerres commis sur d'autres continents, de grands mots furent prononcés avec toute la gravité nécessaire. S'ensuivit un silence marqué de longues secondes. Le président évoqua le sort de ces gens qui dans la France du vingt-et-unième siècle, dans la France de la fusée Ariane, du TGV et des Droits de l'homme, de ces gens ici à quelques pas de vos caméras messieurs les journalistes, de ces gens qui en cet hiver de pluie et de grêle dorment dans la rue et quand je dis dorment, je ne le crois pas, je ne crois pas qu'ils dorment et vous le croyez-vous ?

Personne ne répondait bien sûr car on n'était pas en conférence de presse, mais dans le palais et c'était seulement le discours du président, il y en a deux ou trois fois l'an à l'occasion d'un événement extraordinaire. Cette fois, d'extraordinaire, il y en avait un, c'était le même que l'année d'avant, et des années encore avant, le plus extraordinaire de tous car méchant et ravageur autant que permanent et rédhibitoire : la fuite des jeunes, des cerveaux, des capitaux et des usines. Habituellement, les présidents impuissants à juguler le désastre feignaient d'y apporter des solutions par quelques demi-mesures distillées ici ou là. Le nouveau pouvoir agissait de même, en y ajoutant toutefois ce petit plus, cette qualité essentielle mais trop souvent négligée par les hommes politiques : savoir parler d'autre chose, soulever des problèmes où il n'y en a pas. Mais comme la patience des peuples a des limites, et qu'ils aiment avant tout qu'on traite leurs problèmes, ce jour-là, l'homme de l'Élysée était bien ennuyé. Et même coincé. Le piège.

Il aurait pu se désunir, comme ces patineuses qui ont chuté et qui doivent poursuivre leur programme en sachant que tout est foutu. Faisant preuve d'une grande maîtrise, il marqua un nouveau silence, et les Français d'un bout à l'autre du pays jusqu'aux contrées les plus reculées furent comme pétrifiés. Les usines, celles qui avaient résisté à l'exil s'arrêtèrent, la fusée Ariane resta plantée sur son pas de tir, le TGV sans s'arrêter parce que c'est dangereux vu l'importance du trafic ralentit sensiblement. On dit, mais c'est une rumeur, que la queue d'une comète frôla le monde provoquant un doux frémissement de l'écorce terrestre, je n'en crois pas un mot, les observateurs du ciel nous auraient prévenus, et un vent de panique aurait parcouru tout ce que la terre compte d'humains. N'empêche, le président savait se taire quand il le fallait, ça lui donnait la stature d'un sage. Néanmoins il ne faut pas se taire trop longtemps car les gens se lassent. Ce qu'on leur pardonnera facilement car ils vivent à cent à l'heure dans une société où tout est mouvement, précipitation, bruit et fureur.

Et l'homme rompit le silence. Mesdames et messieurs, je vous le demande : Vous, le croyez-vous ? Eh bien moi je ne le crois pas. Je ne crois pas qu'on dorme sous la pluie et les grêlons, appuyé sur une descente de gouttière et mal protégé par des cartons. Non je ne le crois pas. Puis il remercia les personnes présentes et les millions de téléspectateurs pour leur attention et souhaita un long avenir au pays. Il regagna ses appartements. Quand les Français furent endormis, une bonne partie d'entre eux pour le moins, l'homme quitta son palais et se dirigea en toute discrétion vers des quartiers où abondent les cinémas et les bars de nuit, dont les trottoirs sont le lit de ceux qui n'espèrent plus rien.

L'homme allait et venait. Quand la rue fut débarrassée des fêtards, il avisa une femme ma foi encore jeune affalée contre le mur d'un bar dont la lumière venait de s'éteindre. Des cartons épars l'entouraient, sa tête appuyée sur un linge pour la protéger de la froideur de la pierre, elle somnolait. Le président triturait un billet dans sa poche et dans l'autre des petites choses enveloppées de cellophane, certainement succulentes. Il hésitait. Respectueux d'une longue tradition qui veut que justice et charité ne font pas bon ménage, que la misère ne se règle pas à coups de billets de dix ou même de cent euros, même s'ils sont accompagnés de friandises, l'homme sortit vides les mains de ses poches. Il s'accroupit pour s'adresser à la personne qui n'avait pas bougé.

— Madame, désirez-vous quelque chose ?

Elle ne répondait pas.

— Vous savez qu'il y a des foyers d'accueil, ce n'est pas bon pour vous de rester dehors, même s'il ne gèle pas, vous pourriez attraper quelque chose…

Elle ne bougeait pas et ne levait pas la tête vers lui.

— Mais enfin madame, que voulez-vous ?

Elle se redressa, le fixa du regard :

— La paix !

Au milieu du flot de paroles qui nous égarent un peu plus chaque jour, Diogène nous manque. Vous me direz, il y en a dans les rues. Peut-être, mais ils n'ont pas l'occasion de faire entendre leur vérité, la vérité. *Ôte-toi de mon soleil* disait-il au roi de Macédoine, c'est vrai, il l'a vraiment dit, c'est trop fort pour une légende.

§

JAPPEMENTS

Polie, elle esquisse un signe de la tête aux voyageurs qui la dévisagent et reprennent aussitôt leur lecture. Un homme ôte son sac de la banquette. Elle s'assoit en remerciant. Un ange passe. Vague à l'âme général. C'est triste. Elle sourit. Il faudrait peu de choses pour changer l'attitude de ces gens, les animer, les faire exister.

Une plaisanterie par exemple : cacher sous la banquette le sac de la dame partie aux toilettes, faire un pied de nez à l'employé sur le quai, se mettre à aboyer. Oui, c'est ça : se mettre à aboyer. Son cœur se serre : va-t-elle oser ? Elle manque de rire, mais l'appréhension est la plus forte. La gorge serrée, elle ne peut émettre un son. Fixant des yeux le journal déployé par la personne d'en face, armée de tout son courage, elle ouvre la bouche. Mais la porte s'ouvre et la vieille dame des toilettes regagne sa place. Tout est à refaire. Quelle idiote ! L'association des deux actions : entrée de la dame et aboiement du chien aurait été spectaculaire. Occasion perdue. Le monsieur d'à côté respire très fort et change la position de ses jambes. Une page est tournée.

La jeune fille reprend une attitude nonchalante – en apparence – de ces attitudes sans histoires qui préparent les grands événements. Elle choisit de ne pas gonfler immodérément ses poumons. Sa décision est prise d'aboyer normalement, sans excès, sans rechercher le spectacle.

— Wouh !

Personne ne réagit vraiment. Un regard furtif sur ses jambes de l'homme d'à côté. La dame d'en face tourne en le chiffonnant son journal et le contrôleur passe dans le couloir.

— Wouh ! Wouh !

Là tous les visages se lèvent. Certains étonnés, d'autres sans expression particulière. Femme de conviction, et qui n'aime pas qu'on lui résiste, Jenny insiste.

— Wouh ! Wouh ! Wooouououh ! Wouh ! Wouh !

Des regards se croisent. Un garçon près de la fenêtre, bouche ouverte de stupéfaction, ne retient pas un éclat de rire, et attend visiblement d'autres aboiements. L'homme d'à côté tousse et sourit en réponse à l'air entendu d'autres passagers. Un deuxième hausse les épaules. En face, la dame plie son journal, pose la main sur les genoux de la jeune fille et de sa voix la plus douce lui demande :

— Vous êtes sans doute fatiguée mademoiselle, où descendez-vous ? On peut vous aider ou vous accompagner quelque part…

Pour toute réponse, un aboiement :

— Wouh !

Puis c'est un long jappement qui se fait entendre, qui résonne, se propage d'un bout à l'autre du wagon :

— Wou ou ou ou ou ou ou ouh !

Un homme en costume, mallette sur les genoux, un monsieur à l'esprit positif habitué aux décisions se lève et demande à la jeune fille si elle manque de quelque chose. Quant à lui, il dispose d'Aspro effervescent, il suffit de demander de l'eau au contrôleur et le tour est joué. Elle se tait et fait « non » de la main. Elle fixe le filet à bagages au-dessus de leurs têtes. Son visage est impassible. On se regarde, on croise les jambes. Quelqu'un soupire. Le garçon fixe, déçu, le visage de la jeune femme. Un journal est replié, sans conviction. Le train s'arrête. La jeune fille se déplace légèrement pour laisser passer le monsieur d'à côté qui lui dit deux fois « pardon » et trois fois « excusez-moi ». Poliment il s'efface devant la vieille dame qui descend aussi et, sur le quai, lui confie qu'il eut du mal à retenir un éclat de rire, que c'est la première fois qu'il assiste à un tel spectacle, et en plus présenté par une jeune personne d'apparence respectable. La vieille dame tend son ticket à l'employé. Elle ne dit mot et se perd dans la foule des voyageurs affairés. Le train s'ébranle. Sur le quai, des oreilles moins distraites perçoivent un aboiement, mais n'y prêtent nulle attention.

Ils sont cinq. Le premier en haut des marches lâche un gros crachat sur le sol du wagon, provoquant les jurons des autres, le dernier monte en marche et, se retenant d'une main à la barre d'appui, se penche à l'extérieur, jetant un regard de feu aux gens qui, sur le quai, attendent le prochain. Ses copains déjà entrés hument l'espace, le parcourent du regard, fixant tour à tour ses occupants. L'un dévisage une jeune femme jusqu'à ce qu'elle baisse les yeux et retourne à sa lecture, un autre s'approche d'un jeune homme qui téléphone, s'empare de l'appareil et susurre : *« Coucou chéri, c'est nous ! »*. Il pose le portable délicatement sur le sol, et, s'avançant vers un couple de personnes âgées qui ne parviennent pas à baisser les yeux, pétrifiés qu'ils sont par le spectacle, il leur adresse un geste obscène, pose le pied sur l'appareil et l'écrase. *« Oh, pardon ! »* lâche-t-il. Rires dans le groupe.

Outrée, une femme se lève, prenant les voyageurs à témoin :

— Pour qui vous prenez-vous ? Vous n'avez pas l'air exténués par une dure journée de travail. Eh bien, figurez-vous, ce n'est pas le cas des gens qui occupent ce train. Vous feriez mieux de regagner votre banlieue en nous fichant la paix !

Les rires se sont arrêtés, changés en ricanements. Quelques mots grossiers, des attitudes menaçantes, un doigt levé, puis plus rien, le chef (celui qui écrase les téléphones) marmonne quelques mots inaudibles et fait demi-tour, les autres le suivent en sifflotant. Ils franchissent la porte du compartiment. C'est alors que des voix s'élèvent pour dire qu'on vient d'assister à un triste spectacle. D'autres ne partagent pas cet avis :

— Triste ? vous avez de ces mots, ces gens-là sont capables de tout. Triste ! Vous voulez dire *accablant*. Mais que font-ils en liberté ces individus ? Hein, je vous le demande !

— Allons, calmez-vous, ils sont jeunes, et n'ont pas été aidés par la société…

— Entièrement d'accord, tout ça c'est la faute de la société, point à la ligne !

D'autres encore ne disent rien, eux aussi vont regagner leur banlieue. Tout à l'heure, en bas de leur immeuble, dans la cage d'escalier, il leur faudra dire pardon, plusieurs fois, attendre que des jeunes gens s'écartent, il leur faudra éviter un crachat, feindre de ne pas entendre les grossièretés qui leur seront adressées, ne pas ouvrir leur boîte aux lettres. Parvenus chez eux au cinquième étage au moyen d'un ascenseur de tous les dangers si toutefois il n'est pas en panne, il leur faudra supporter les cris, les tambourinades, les pétarades jusqu'à une heure avancée de la nuit.

La jeune fille occupe seule la banquette maintenant, sauf près de la fenêtre où le garçon fait semblant de regarder le paysage. En face d'elle, il ne reste que l'homme à l'esprit positif. Il a ouvert la mallette, c'est un ordinateur. Il se met au travail, ses doigts parcourent le clavier avec une étonnante agilité.

Le nez en l'air, elle sait qu'ils sont là, à quelques pas, à l'entrée du wagon.

De loin ils ont repéré la jeune fille. Ils s'avancent. Le chef se tourne vers le garçon de la fenêtre :

— Eh toi ! Elle baise bien au moins ?

Le jeune homme est blême, il tremble de tout son corps et ne trouve rien de mieux que de répondre. Dans sa terreur, il dit « *non* », un non sans queue ni tête, un non imbécile qui n'a rien à voir avec la réalité, rien à voir avec ses propres sentiments. Le garçon n'existe plus, il n'est plus qu'un corps qui tremble. À l'humour du chef répondent de gros rires derrière lui. Les doigts de l'homme à l'esprit positif courent encore sur le clavier, un langage inédit apparaît à l'écran, jskdyufudfdjucnldszbdkdh, suivi d'un message d'erreur. On entend le discret cliquetis de l'ordinateur, poliment l'homme se glisse vers la fenêtre, laissant passer les membres de la bande. L'un d'eux se penche sur la jeune fille. D'un doigt, il lui soulève le menton, l'obligeant à lever les yeux sur lui. Elle se laisse faire, se redresse, le regarde.

Il pose son autre main sur la cuisse de la jeune femme.

C'est à ce moment précis que l'homme à l'esprit positif et le garçon, blêmes et collés tous deux contre la fenêtre entendent un rugissement si terrible que les vitres en tremblent. S'ensuit une clameur d'épouvante venant des profondeurs du wagon. Ils pivotent et ce qu'ils voient, qui pourrait le décrire ? Personne. Quelle caméra pourrait le filmer ? Aucune.

Un dogue d'un autre âge, molosse aux dents de sabre, Cerbère à une tête dont l'énorme gueule est armée d'une rangée de couteaux s'est dressé sur la banquette et l'écrase de tout son poids. Des crocs acérés déchirent les tissus, le sang gicle, des lambeaux de chair humaine s'écrasent contre les vitres. Le signal d'alarme a dû être enclenché, le train s'arrête. Le monstre balance son énorme tête de gauche à droite, c'est un membre humain qu'il promène et quand il le lâche, le moignon, suivi d'une nuée de sombres gouttelettes, survolant les têtes effarées des voyageurs, va s'encastrer dans un filet à bagages, le bras n'a plus de main et de sa manche pendante coule un liquide sang. On tente de s'enfuir, l'un des comparses en reculant, pour ne pas quitter des yeux la bête, se prend le pied dans quelque chose et se fracasse le crâne contre le montant d'un accoudoir. Le molosse le renifle et sans presser le pas, poursuit son chemin vers les autres membres du groupe. Ils sont à sa merci. Le chien s'assoit, les dévisage un par un. Défigurés par la peur, ils sont figés, dos plaqués contre la porte du compartiment derrière laquelle se sont agglutinées des personnes, dont certaines en uniforme. La langue pendante, le museau rouge de sang, le monstre s'est immobilisé.

Qu'attend-il ? Qu'ils baissent les yeux peut-être. Eux ne peuvent soutenir son regard, ils se détournent. Dans la voiture, personne ne bronche. Les femmes ont placé leurs enfants près des fenêtres, les ordinateurs se sont refermés, les téléphones portables ont regagné les poches ou sont tombés sur le sol. Une joue sanguinolente glisse lentement le long d'une vitre, puis s'immobilise et reste collée par effet de ventouse. Une femme, bras levés, bouche grande ouverte, muette d'effarement, comme pétrifiée, garde les yeux fixés sur le magazine posé sur ses genoux : un pied y repose, déchaussé, un pied tout seul sans cheville et sans jambe. De fins tuyaux s'accrochent ici ou là sur les supports qu'ils trouvent, comme des guirlandes, sur les têtes, dans les cheveux, longs organes que personne n'ose toucher, encore moins décrocher. On n'entend plus que la respiration de la bête, troublée seulement par le clapotis des gouttes qui suintent d'un bras sanguinolent, et qui viennent percuter la matière plastique de la banquette.

Des sons étouffés proviennent de l'extérieur. Pas encore les forces de l'ordre. Nous sommes en pleine campagne, il leur faudra du temps. Ce sont les passagers d'autres voitures qui vont et viennent sur le talus, s'interrogent et commencent à maugréer, à se plaindre du manque total d'information dispensé par la Compagnie. De l'autre côté de la vitre séparant les compartiments, les personnes en uniforme restent de marbre malgré les sollicitations, les prières, les appels au secours des membres de la bande. D'où ils sont, les officiels voient distinctement la tête du molosse. Assis, il est grand comme un homme. Il se pourlèche les babines et semble avoir retrouvé son calme. Un contrôleur propose à ses collègues l'ouverture de la porte. Il connaît les chiens, surtout les grands, les dangereux, et saura s'en rendre maître. La réponse est non. Il vaut mieux attendre pour être sûr. La police est alertée. La brigade canine saura mater l'animal, il suffira d'une injection, bon d'accord, une forte dose et ils l'endormiront.

À travers la vitre, les contrôleurs devinent le sens des appels qui leur sont lancés :

— Mais ouvrez merde, pas seulement pour nous, mais pour tous les autres, il y a des femmes, des enfants, on ne va pas les laisser se faire dévorer !

Pour la première fois dans leur vie, ces hommes invoquent le sort de femmes et d'enfants, certes pour sauver leur propre peau, mais quand même, ils invoquent. Et ce « on », n'est-il pas troublant ce « on » ? Un « on » qui englobe bons et méchants, hommes de bien et malotrus, délinquants et forces d'ordre, escrocs et victimes, oui vraiment, ce « on » est troublant. La bête ne comprend rien à tout cela, mais elle a des qualités dont nous sommes dépourvus. Sans connaître aucune langue, elle les comprend toutes, car le sens des mots se confond bien souvent avec la façon dont ils sont dits. Elle perçoit les intonations, les modulations de la voix des hommes. Elle se remet sur ses quatre pattes, se retourne, les gens s'affolent, se serrent les uns contre les autres, certains essaient à nouveau d'ouvrir les fenêtres, tout en sachant, pour avoir maintes fois tenté l'opération, qu'elles sont bloquées.

La truffe pointée en l'air, le molosse tergiverse. Il revient à sa position, face aux rescapés de la bande, adossés, plaqués à la cloison.

Une main remonte lentement le long d'une jambe, parvenue à la hanche, un doigt, puis deux, puis la main tout entière se glisse dans une poche. Haletante, la langue pendante, l'énorme tête pivote. Plus personne ne bouge. Le coude s'écarte imperceptiblement du corps, c'est un poing qui, lentement s'extirpe de la poche. Un grondement sourd des entrailles de la bête. La main s'ouvre dans un déclic, un éclat d'argent. Un rugissement, le monstre bondit, il va chercher la gorge, les portes branlent, des cris, un corps qui s'affaisse et qui glisse sur le sol. On tente de fuir, on escalade une banquette, peine perdue, les pieds sont happés, déchaussés, déchiquetés, les mollets taillés en pièces. Les voyageurs encore assis et serrés les uns contre les autres, maculés de sang, griffés, écrasés sous les pattes du géant, les voyageurs sont perdus, les enfants hurlent quand ils croisent les regards horrifiés de leurs parents. Mais ils sont vivants. La bête les ignore. Les uns après les autres, les jeunes gens de la bande sont rattrapés, égorgés, éventrés. Même les plus malins, ceux qui se cachent loin, au bout du compartiment entre des banquettes.

Elle trottine dans le couloir, entre deux carnages le silence revient, on entend le son lourd de ses pas suivi du léger crissement des griffes sur le dallage synthétique. Elle s'arrête, hume, ce mélange d'odeurs de transpiration et de parfums ne l'arrête pas, elle poursuit sa course. Le dernier, le survivant de la bande est le plus jeune, le plus leste. On imagine une tête de brute, son visage est celui d'un enfant. Il est beau, ses traits sont paisibles, harmonieux. La transparence, la profondeur de son regard trahissent la vivacité de l'esprit, l'intelligence. En bande, un rictus le rend hideux, son regard devient féroce, ses traits se font sévères, et de l'intelligence il ne reste que la ruse. Pour se rendre à l'extrémité de la voiture, il a su éviter le couloir où il aurait été une cible trop facile pour la bête. Aussi a-t-il enjambé les banquettes, sautant de dossier en dossier pour aller se pelotonner entre les deux dernières, non sans provoquer la frayeur des occupants du bout du wagon, derniers remparts du fugitif. Quand celui-ci relève la tête, elle est là, posée sur son arrière-train. Il demande pardon. Assis sur le sol entre les genoux des passagers, il prend ceux-ci à témoin, il prie. Il sait maintenant qu'il n'a pas affaire à un animal. Ce qui lui restait de raison, il l'a perdu maintenant. Il se met à quatre pattes, implorant son bourreau. Les larmes coulent sur ses joues jusqu'à sa bouche entrouverte. Le molosse, formidable, se remet sur ses pattes, fait un pas. Les deux mâchoires s'écartent et se referment sur le crâne du garçon. Le corps est traîné jusqu'au couloir. Aucun son ne sortira plus jamais de sa bouche. Aucune insulte, aucune offense, aucune injure, aucun mot, aucune excuse, aucun regret. De bouche, de visage il n'y en a plus. Le monstre a pivoté, son poitrail s'est posé sur le corps inanimé du garçon. On entend des craquements. Le molosse dévore un adolescent qui allait sur ses quinze ans.

Ils sont cinquante dans la voiture, hommes, femmes et enfants. Pas un seul ne sera venu au secours du garçon. Pas un n'aura même élevé la voix ou esquissé un geste pour calmer la bête et sauver une vie humaine. Mais la bête était calme, sa démarche inexorable, il n'y avait rien à faire, rien à dire, rien à esquisser. La preuve, c'est que même les personnes les plus chrétiennes, les plus charitables, celles qui suivant l'exemple de Jésus pardonnent aux agresseurs autant qu'aux victimes, celles qui ont chassé de leur vocabulaire ces vilains mots : *délinquant, malotru, bandit, racaille, brigand,* pour ne retenir que le côté attendrissant de la chose : *« ce ne sont après tout que des gamins, laissons-leur une chance »*, aujourd'hui, ces personnes n'ont laissé aucune chance à un gamin sans défense.

Là-bas, près de la fenêtre, un jeune homme s'éveille, se frotte les yeux, allonge ses jambes et heurte du pied une peluche. Une boule de poils s'étire à son tour et se dresse sur ses petites pattes. Je la reconnais la petite bête, le chien terrier, le chihuahua de mon ami Jean-Bernard : Platon. Il l'avait nommé ainsi car c'était l'année des « P ». Un peu plus loin sur la même banquette, une jeune fille somnole… Face à elle un homme travaille sur son ordinateur. Tout est calme. Un coup d'œil sur le sol, les plafonds, les filets à bagages : tout n'est pas vraiment propre, il y a des rayures qui dessinent des mots incompréhensibles sur les vitres, des papiers et des canettes parterre, des sièges lacérés, rien que de tout à fait habituel, pour ne pas dire normal. Les passagers sont tranquilles, on en profite après ce tour d'horizon pour poser un œil sur la jeune fille et sa lecture. Un livre est fermé sur ses genoux. Le jeune homme n'y connaît rien, c'est un nom russe avec le mot crime écrit en dessous, crime et… impossible à lire, la main est posée dessus.

Soudain, la porte qui sépare le compartiment du hall d'entrée s'ouvre. Le contrôleur apparaît. Un être impressionnant, casquette, uniforme, souliers à semelles de crêpe qui couinent à chaque pas. Il n'en faut pas plus à Platon. Courageusement de ses vingt centimètres de haut, il glapit à qui mieux mieux en direction de l'intrus… tout en reculant. Reprenant sa respiration, il se tourne vers son maître, cherchant un réconfort, ou plutôt lui disant :

— Tu as vu, hein, comment je les reçois, moi, les importuns !
— Bon, Platon, ça suffit maintenant ! Tu déranges tout le monde…

§

RÊVE, ENDORMI

Dans le train, voilà qu'une bande de jeunes, casquettes vissées sur les têtes, s'est levée comme un seul homme pour laisser les places assises à des personnes qui poireautaient debout dans le couloir. Celui qui s'est levé le premier pour me laisser la place, voyant que je m'appuyais sur une canne, était plongé dans la quatrième méditation cartésienne, celle où le philosophe en robe de chambre et assis près du feu, perçoit clairement et distinctement la quasi-certitude de son existence. Il était pour moi hors de question, en prenant sa place, d'interrompre la lecture de cet adolescent. Il insista. Mais si monsieur, je vous en prie ! Nous étions à deux doigts d'en venir aux mains quand le train stoppa. Finalement, tout s'est arrangé, l'altercation a pris fin sur le quai, pour reconnaître que, en avance sur son temps, Descartes, ayant l'intime conviction de son existence, osait, et ce fut un précédent dans l'histoire de la philosophie, ne pas poser en préalable l'absolue certitude de l'existence de Dieu. Le conducteur du train, auquel l'importance du sujet débattu n'avait pas échappé, nous faisait quand même des petits signes, invitant ceux qui le souhaitaient à remonter en voiture. Une jeune fille tenant un bouquet de roses gravit élégamment les trois marches du wagon. Un passager en tenue décontractée, mais bien mis, journal sous le bras, ouvrit la fenêtre pour nous dire que rien ne pressait, qu'il avait encore toute la vie devant lui, avant d'adresser, le pouce levé, un clin d'œil amical au groupe de jeunes complètement absorbés par la controverse philosophique. Dans le compartiment, une dame leva la main. Son vis-à-vis l'invita à s'exprimer. Elle demanda si cela ne dérangeait personne qu'elle adressât sur son téléphone portatif un coucou à ses petits enfants qui étaient seuls et malades à la maison. Échangeant un prompt regard de compassion, les passagers sans aucune hésitation, donnèrent suite à sa requête.

De retour à la maison, j'appris par la radio que le pays comptait encore un chômeur, qu'il vivait dans les montagnes à l'écart du monde et qu'il était très heureux comme ça. Le gouvernement avait décidé de doubler le montant du SMIC, la première secrétaire du parti socialiste fidèle à ses convictions, avait emménagé dans une tour de la banlieue très animée de sa bonne ville. J'appris aussi que le peuple iranien occupait la rue, femmes en tête de manif en déshabillé coquin, que Bachar el Assad était traduit en justice, qu'un poète cubain dissident s'était vu décerner le prix Nobel, Castro prenant sa place en cellule. Suivait un long reportage sur l'invention du siècle : un savant qui ne pouvait être que français révélait sa découverte : faire tourner automobiles et industries à l'air pollué. Brevet déposé, à l'échelle du monde en quelques jours, par le truchement d'une réaction chimique miraculeuse, pots d'échappement et cheminées d'usine ne cracheraient plus que des fumerolles chargées d'un oxygène d'une pureté à couper le souffle. Certes, de temps en temps il faudrait repolluer l'air pour faire tourner l'économie, mais d'après le G8 cela ne poserait aucun problème, Chine et USA en tête, tout le monde ferait un effort. Mais de toutes ces nouvelles, celle qui me fit le plus plaisir, ce fut de voir renaître ceux qui me sont chers, tous mes amis et parents trop tôt disparus, les voilà qui reprenaient vie et s'agitaient autour de moi. Moi qui du coup reprenais goût à la vie.

C'est alors que des bruits de verre se firent entendre. C'était le camion poubelle.

§

LE CHIRURGIEN

Parmi tous les médecins que j'avais consultés, il n'y en avait pas deux pour dire la même chose. Soit c'était la chimie, soit les rayons, donc des mois de galère, et encore sans la certitude d'une guérison. Aucun ne proposait l'opération qu'ils annonçaient comme délicate, voire même risquée. Depuis le décès de mon mari, je n'avais que ma fille pour me soutenir, pour croire encore à quelque chose. Sonia est ce que j'ai fait de mieux dans ma vie. Tout ce qu'elle touche est réussi. Elle brille dans tous les domaines et poursuit ses études en astrophysique. Moi qui ne vois dans les étoiles que des points lumineux, jusque tard dans nos soirées, elle m'envole dans la galaxie et même encore plus loin. On traverse ensemble l'espace et le temps, on revient des milliards d'années en arrière quand rien n'existe encore, ni le bien ni le mal, même pas le cancer. De grands moments qui me font tout oublier, sauf la vie heureuse qui fut la nôtre avec Bernard et notre fille bien aimée.

— Au fait maman, qu'est-ce qu'il t'a dit hier après les derniers examens ?

— Rien de nouveau. Il faut agir vite. Il y a des progrès dans les traitements, mais vu l'évolution de la tumeur… bref, il n'est pas optimiste. D'après lui, on peut encore tenter la chirurgie. Mon état de santé ne s'y oppose pas. Ce qui l'inquiète toutefois, c'est que la tumeur est importante, et vu son emplacement, il est pratiquement impossible de l'enlever sans propager le cancer sur les organes voisins. Il faudrait pratiquer de minuscules incisions… une opération longue et délicate pour laquelle peu de chirurgiens sont prêts à s'engager.

— Tu devais prendre rendez-vous avec le professeur…

— … Anselme. Je vais le faire, mais il est très connu, il doit opérer des gens de la « haute »…

— Qu'est-ce que tu racontes ? Compose déjà le numéro de sa clinique avant de juger !

Finalement, je ne risquais rien en demandant d'être reçue. Après plusieurs essais infructueux, on me passa la secrétaire personnelle du professeur. Trois semaines d'attente, puis tout s'accéléra, scanner, bilan sanguin et date de rendez-vous.

Bien que déjà mille fois alertée depuis plus d'un an par les examens, les analyses et les diagnostics, j'étais anxieuse en arrivant devant la porte : Professeur Anselme, chef du service d'oncologie, diplômé…

Un homme d'un certain âge franchit le couloir, accompagné d'une infirmière. Ils refermèrent la porte derrière eux. Je ne l'avais jamais vu, je supposai que c'était bien lui, Anselme, l'homme de ma dernière chance. Mon cas devait l'intriguer, car je dus attendre encore longtemps avant d'être reçue. Des voix un peu étouffées par le calfeutrage de la porte me parvinrent à l'oreille. Puis l'une d'elles se fit plus forte, une voix de femme :

« Non, laissez-moi ! Lâchez-moi ! Je vous dis de me lâcher ! Enfin… je vais crier ! »

C'était difficile de ne pas comprendre. Je ne savais pas quoi faire. La porte restait fermée. Le silence était revenu à côté. Une femme avait été agressée, peut-être l'infirmière que j'avais vue entrer avec le professeur. Je repris mon sac, le dossier, les radios. En partant, je me dis que jamais plus je ne reverrai cet individu. Peut-être étais-je influencée par l'actualité ? Une loi condamnant plus sévèrement le harcèlement et les agressions sexuelles était en discussion au parlement. Les paroles des femmes se libérant, police et justice étaient débordées. Des artistes connus, des présentateurs TV, des écrivains, des réalisateurs et des centaines de personnes de toutes origines, de tous les milieux furent accusés d'agressions ou de viols pour des faits remontant parfois à des dizaines d'années ! L'ambiance était aux dénonciations, parfois sans preuve mais le plus souvent confirmées par des témoignages incontestables.

Je ne savais pas si j'allais en parler à ma fille. Elle attendait ma guérison avec encore plus d'impatience que moi. Que dirait-elle ?

Le lendemain, par courriel, la secrétaire du docteur Anselme me demanda si je n'avais pas oublié le rendez-vous fixé la veille. Après unc longue réflexion, je formulai une réponse ambiguë, mais que je trouvais bien adaptée à la situation. Je lui expliquai que j'étais bien venue, que je n'avais rien oublié, dossier au complet, radios et diagnostics des médecins. Mais voyant le professeur entrer brutalement dans son bureau et s'adresser maladroitement et sur un ton insupportable à sa collègue, je pris peur. Et comme la porte qu'il avait claquée ne s'ouvrait plus, que ni lui ni sa collègue ne réapparaissaient, après une heure d'attente et d'angoisse, je décidai de partir.

La réponse ne me parvint pas par courriel, mais par téléphone. Sur un ton aimable, la secrétaire comprenait parfaitement ma réaction. Elle me confia que je n'étais pas la seule à souffrir de l'ambiance qui régnait actuellement dans les services de santé, que cela était dû au surmenage des personnels, que le professeur était surbooké, bref, que nous allions fixer un nouveau rendez-vous. Elle me joindrait pour cela dans quelques jours. Par courriel j'aurais pris le temps de réfléchir, mais en direct par téléphone, sans la faire attendre, je répondis : « oui, d'accord ».

Le plus dur cependant, c'était de prévenir Sonia. Comment lui annoncer que j'avais quitté la clinique parce que j'avais entendu des voix ? Finalement, j'optai pour la vérité. Je lui rapportai dans le détail ce qui s'était passé.

— Tu as bien fait maman. Il fallait marquer le coup. Maintenant ce qui compte, c'est ta santé. On attend le rendez-vous. C'est le meilleur chirurgien, tout le monde le dit. Il va t'opérer, c'est notre dernière chance.

Brave fille ! Je m'attendais à ce qu'elle ironise sur l'explication de la secrétaire, le surmenage des personnels et le professeur surbooké… Pas du tout ! Elle qui était en première ligne dans les rues pour condamner la phallocratie, le harcèlement et les féminicides, la voilà qui faisait passer la santé de sa mère avant ses convictions ! Elle qui parlait d'atteinte aux droits et à la dignité, qui insistait sur les circonstances aggravantes que constituait le positionnement hiérarchique de l'auteur d'un harcèlement, la voilà qui faisait l'apologie du personnage, comprenant même qu'il continuât d'exercer son métier !

Le nouveau rendez-vous fut rapidement fixé. Je me souviens d'un homme peu bavard, assez froid, sûr de lui. Les radios de mon abdomen couvraient l'écran sur trois mètres de long, pour me parler il leur tournait le dos, mais décrivit l'intervention chirurgicale dans ses moindres détails. Il ne promettait rien, hormis qu'elle aurait lieu dans trois jours.

Les jours me parurent longs, surtout les trois nuits, blanches. Je vécus les pires cauchemars de toute mon existence. *Au tribunal, face au juge, Anselme restait froid, sûr de lui. Arrogant, il disait que ce qu'il admirait particulièrement chez ses accusatrices, c'était leur imagination. De retour en salle d'opération, scalpel en main, il me demandait quelles étaient mes dernières volontés. Mais des milliers de femmes avaient envahi la clinique. On entendait des cris, derrière la porte : « Assassin ! Violeur ! Arrêtez-le ! ». Il restait impassible. Il se tournait vers Sonia ma fille, qui me tenait la main : « À votre avis que dois-je faire ? » Elle répondait : « Votre travail docteur, comme vous l'avez toujours fait. »*

Je n'ai aucun souvenir de l'opération, j'étais bien sûr endormie. En salle de réveil, on m'informa que tout avait été réalisé selon le plan prévu. La tumeur avait été prélevée. Pour le reste, par laparoscopie et petites incisions, les métastases avaient subi le même sort. Pour moi, après des jours de repos, ce n'était pas seulement la vie qui allait reprendre son cours, mais la joie de vivre.

Sonia était radieuse. Elle me dit que j'avais fait preuve d'un courage remarquable. La police avait attendu la fin de l'opération pour intervenir. Le professeur Anselme enleva sa blouse et sortit, encadré par deux hommes en uniforme. Les chaînes d'information relatèrent l'arrestation de l'un des plus remarquables oncologues du pays. Plusieurs femmes l'accusaient de harcèlement et d'agressions sexuelles dans le milieu hospitalier. Il fallait s'attendre à un jugement sévère, car vu la position hiérarchique du prévenu, les circonstances seraient aggravantes.

Je n'ai jamais revu le docteur Anselme. Si j'en avais eu l'occasion, que lui aurais-je dit ? Je me rappelai les discussions en classe après le cours de philosophie. Échanges animés entre les adolescents engagés que nous étions : pouvait-on admirer l'œuvre d'une personne dont les actes étaient condamnables ? Rimbaud était un grand poète, mais… Céline un écrivain de talent, mais… Heidegger un immense philosophe, mais… Les jugements contradictoires enflammaient la classe, il ne s'agissait pourtant que de cas qui ne nous concernaient que de loin, des cas d'école. Le professeur Anselme m'avait sauvé la vie. Ni son nom ni le mien n'étaient évoqués dans le manuel de philosophie de terminale. C'est finalement ma fille qui, sans hésitation, avait vu juste : d'abord la vie, ensuite l'essentiel : la lutte sans condition pour les droits et la dignité des femmes.

Je pensais profiter de quelques semaines de convalescence pour me reposer, lire et pratiquer ma passion, la photographie de paysages. Mais Sonia vint interrompre ce beau rêve. Elle avait réservé une place dans les gradins aménagés sur les hauteurs de Bréville-sur-Mer, pour assister au lancement de la fusée qui devait emporter une femme et deux hommes pour la première fois sur la planète Mars. Ayant comme astrophysicienne largement contribué à la mission, voyage, repas et hébergement lui étaient offerts par l'agence spatiale européenne.

Un spectacle inoubliable. Silence dans les gradins, silence sur l'aérodrome, la fumée rougeoyante enveloppe le lanceur qui s'élève. Et quelques secondes après, l'explosion, assourdissante. Trois humains ont quitté la Terre pour un voyage interplanétaire, un grand moment dans notre histoire, à vous faire tout oublier.

§

FIONA LA MARTIENNE

Nous sommes en 2069 à Ullapool, sur la côte ouest de l'Écosse. En quelques jours le petit pays perché au nord du Royaume-Uni est devenu – du moins on le pense ici – le centre du monde. Car parmi les trois cosmonautes qui sont revenus de la planète Mars, l'un d'eux est une femme… et c'est une écossaise : Fiona Gray. Son nom court sur les ondes aussi souvent que celui de la reine d'Angleterre. Peut-être même plus !

En outre l'événement survient cent ans après le premier alunissage, les gens se ruent sur les journaux à grand tirage. D'autres sillonnent vide-greniers et brocantes à la recherche de revues ou de documents « collector » qui célébrèrent il y a un siècle ces deux humains qui mirent pour la première fois le pied sur un astre autre que la terre.

Mais l'exploit de Fiona Gray a aussi cet avantage de faire oublier les conflits sociaux qui enflamment le pays. À Glasgow, les employées communales, derrière la pancarte : « *I care for your parents, I clean your school, I feed your kids* », manifestent pour l'égalité salariale femme-homme. Elles sont ces femmes qui, dans la capitale du pays, s'occupent des personnes âgées, entretiennent les écoles et servent les enfants dans les cantines. Depuis douze ans, elles se battent pour réduire l'écart de salaire qui s'élève à 3,41 € de l'heure avec leurs collègues masculins. Leur grève illimitée risque de s'étendre à d'autres villes où le fléau social de l'inégalité salariale devient le problème politique national. Dans ce climat social tendu, pour beaucoup d'Écossais, y compris les femmes, cela fait du bien de faire une pause, de regarder vers le haut, le ciel, Mars et les étoiles.

Fiona Gray, Jérôme Meunier et Kevin Duclos ont donc rejoint leur planète mère. Du Mur d'Hadrien aux îles Shetland, d'Aberdeen à Édimbourg, le pays est en ébullition. Comme ils savent si bien le faire, les pubs écossais fêtent le retour des trois héros. Surtout de Fiona bien sûr, bien qu'elle soit encore sur le sol français. Leur module a été récupéré dans la baie du Mont Saint-Michel à quelques dizaines de mètres de l'endroit prévu ! Une performance saluée par la presse mondiale.

Bien sûr on attend avec impatience le retour de la « martienne » comme on la nomme maintenant. Mais il faut respecter la mise en quarantaine des trois cosmonautes. Pour leur santé, et dans l'intérêt de la science. Pour la première fois dans l'histoire de la conquête spatiale, des êtres humains ont quitté pendant trois ans l'orbite terrestre, reliés à l'humanité seulement par des sons et des images. L'isolement auquel ils sont soumis après leur retour s'explique par des raisons médicales, les nombreux examens pratiqués sur ces trois personnes vont apporter des enseignements sans précédent sur les conséquences d'un séjour prolongé en apesanteur, la nature des maladies éventuellement contractées et soignées par le médecin et les médicaments du bord, sans oublier les analyses psychologiques, l'étude des relations interpersonnelles. Certes on sait que les cosmonautes sont surentraînés, qu'ils subissent tous les tests possibles autant physiques que psychiques avant le départ. Mais un voyage de trois ans n'avait jamais été tenté. La promiscuité dans un espace exigu peut entraîner des défaillances dans les rapports entre ces personnes, des disputes et peut-être même de la violence. Il y a aussi l'angoisse, permanente depuis le départ de la fusée emplie de tonnes de propergol, sur le trop petit aérodrome de Bréville-sur-Mer. Et l'émotion quand on quitte l'orbite terrestre, l'échappée hors de notre univers. Sans oublier la confrontation avec un nouveau monde. On comprend donc la nécessité de la mise en quarantaine.

Mais le temps passe. Les semaines. Et les mois. Les communiqués venant de France répètent toujours un peu la même chose :

« *Ils subissent tous les examens selon le protocole habituel, mais la longue durée de ce premier voyage interplanétaire rend les choses plus compliquées.* »

Le cap des trois mois franchis, les commentaires de la presse se font de plus en plus interrogatifs. Certains s'attardent sur le dernier mot : l'adjectif « *compliquées* ». D'autres se demandent pourquoi on n'entend jamais la voix des trois cosmonautes. Même sous surveillance médicale, ils pourraient s'exprimer ! Et puis on n'a aucune image ! À part celle, toujours la même, montrant le centre spatial, les salles de contrôle, les rangées d'ordinateurs, les opérateurs très occupés par des vols en cours.

Il s'est passé quelque chose. On commence à inventer des histoires dues à la présence d'une femme dans l'équipe. Y aurait-il eu le début d'un commencement de jalousie, d'une rivalité ? Peut-être même une bagarre ? Un meurtre ? On s'attend au pire. Les féministes entrent en scène. N'est-ce pas incroyable, dès qu'un problème apparaît, de mettre en cause la présence d'une femme ? Les journalistes imaginent à quel point les proches de Fiona avaient dû trembler pendant toutes les étapes du voyage, décollage, mise sur orbite, amarsissage, sortie sur un sol et dans un environnement inconnus, températures extrêmes… Quant au redécollage, il fallait compter sur la perfection du travail réalisé par les ingénieurs qui avaient conçu Mars Explorateur1.

Les articles des journaux avancent que, pour sa famille, le silence doit être insupportable. Les autorités livrent un message laconique par jour, toujours le même : « *Dès que possible on vous en dira plus.* ». Sur quatre colonnes, un magazine « people » qui n'est au courant de rien, devine que la maman de Fiona ne dort plus. Que dans la journée, elle s'effondre dans un fauteuil et somnole, ivre de fatigue. Qu'un jour, un cri sorti de sa bouche la réveille en sursaut, qui alerte toute la maison :

— FIONA !

Tout cela est faux, car ici à Ullapool, et partout ailleurs, il n'y a pas une personne qui sache qui est Fiona Gray. Cela n'empêche pas l'Écosse d'évoquer et de rendre hommage à « Fiona la Martienne ». Un peuple entier en a fait son héroïne.

Cent vingt jours après l'atterrissage, Jérôme Meunier et Kevin Duclos apparaissent en public à Paris, ils sont en bonne santé mais parlent peu de leur compagne de voyage sauf pour dire que pendant les trois ans de vol et le court séjour sur Mars, elle avait parfaitement rempli sa mission, et qu'il n'y eut entre eux aucun problème de cohabitation. Les deux cosmonautes sont reçus à l'Élysée avec les honneurs. La presse écossaise regrette l'absence de leur compatriote, mais avec le recul, les commentateurs comprennent l'empressement des Français à saluer d'abord leurs héros nationaux.

§

Dans cette salle des pas perdus de l'aéroport Charles de Gaulle, je passe inaperçue, vêtue comme les gens d'ici, parlant leur langue, souriante et plaisantant avec les rares touristes qui ne sont pas absorbés par leur téléphone. Et pourtant ! S'ils savaient !

Il y en a du monde, des dizaines de voyageurs, assis confortablement comme moi devant le panneau des départs, ils attendent, tête baissée. Je ressens comme un malaise. Venue en France il y a quelques années, l'ambiance était différente, surtout le bruit. Les gens discutaient, s'interpellaient, parfois même de loin. Aujourd'hui tout est calme, même les enfants ne crient pas, ne rient pas, ne se plaignent pas. Que se passe-t-il ? Que s'est-il passé d'extraordinaire dans ce monde pour faire taire cette race d'humains si bavarde et agitée ?

Dans cet immense hall d'attente, nous sommes des milliers peut-être. Je ne peux détacher mon regard de cette femme, à une rangée de moi. Elle s'ennuie. Pendant que son mari et ses enfants sont plongés sur leurs écrans, son regard plane alentour. Elle rêve. Cette femme n'a pas d'âge. Je l'ai imaginée mille fois. Elle est de partout. De tous les temps. J'aimerais lui parler. Je sais qu'elle me comprendra. Lui dire qui je suis. Je sais qu'elle m'entendra.

Cette femme est belle. Elle est cette dame de lettres ouvrant son salon aux philosophes. Elle reçoit Voltaire, Fontenelle, Marivaux, Condorcet, Montesquieu ainsi que D'Alembert et les Encyclopédistes. Dans ce Siècle des Lumières, elle découvre ce que c'est que l'esprit. Ses invités mettent tout en cause, la monarchie absolue, l'ordre social, les dieux, les croyances, les préjugés, en risquant souvent de perdre leur liberté ou même la vie.

Cent ans plus tard, elle est en Amérique où ses parents, esclaves dans l'état de New York l'ont mise au monde. Son nom ? Sejourner Truth, Voyageuse de la vérité. Elle ne sait ni lire ni écrire, mais le plus beau discours prononcé contre l'esclavage et le racisme, c'est elle qui le prononce :

« Personne ne m'a jamais aidée à monter dans les voitures, ni sur les flaques de boue, ni ne m'a offert la meilleure place ! Et je ne suis pas une femme ? Regardez-moi ! Regardez-moi ! Regardez mon bras ! J'ai labouré, planté, récolté dans des granges, et aucun homme n'a pu me coiffer ! Et je ne suis pas une femme ? »[12]

En 1871 pendant l'insurrection parisienne, elle est Elisabeth, fonde l'Union des femmes, pour défendre les droits de celles-ci, en particulier leurs conditions de travail. Elle organise le travail des femmes en ateliers, dans la confection et l'industrie textile. Jusqu'à la fin, pendant la Semaine sanglante, elle reste fidèle au combat

---

12 D'après Bell Hooks, sous le titre : *Ain't not a woman ? Black women and feminism*, South End Press, 1981. Ouvrage traduit en français en 2015 par Olga Potot, éd. Cambourakis.

courageux des Communards : après l'entrée des troupes versaillaises dans Paris le 21 mai, elle soigne les blessés.

En 1903, c'est Emmeline. Elle fonde en Angleterre l'Union sociale et politique des femmes. Pour elle, la seule façon d'accéder un jour à l'égalité des droits, c'est de se faire entendre, y compris par la violence. Avec les suffragettes, elle interrompt les meetings, organise des manifestations de rue. Emprisonnée en 1912, Emmeline fait la grève de la faim. Après des années d'une lutte difficile en faveur du droit des femmes, fatiguée, elle ne prend pas part à la réforme électorale promulguée en 1918. Celle-ci accorde aux femmes, à partir de leur trentième année, les droits dont jouissent les hommes de plus de vingt et un ans.

Dans les années 20, sous le pseudonyme de Ruth en Allemagne, elle prend contact avec des opposants au nazisme. Il lui faudra dix ans pour évaluer l'ampleur de la catastrophe à venir. Elle écrit des feuilletons et des critiques dans deux gazettes. Au début son souci est d'informer, d'alerter. La prise du pouvoir par les nazis transforme Ruth en résistante. Elle fonde le groupe *Onkel Emil* qui cache les opposants et les juifs poursuivis et leur fournit de faux papiers. Elle est également très active dans la contre-propagande. L'action courageuse menée en compagnie des résistants allemands lui vaut d'être honorée en 2002 au Mémorial de Yad Vashem comme Juste parmi les nations.

En octobre 1956 en Hongrie, c'est Erika, une fille de quinze ans. Au Cercle Petôfi, elle fréquente les intellectuels et participe aux débats, encouragée par la nouvelle orientation libérale du régime d'Imre Nagy. Pendant plusieurs semaines, le peuple hongrois défie le régime communiste. Mais des jours sombres s'annoncent. Le « grand frère » soviétique va-t-il accepter ici en Hongrie, la fin du parti unique et la rupture du Pacte de Varsovie ? Non. Les troupes soviétiques interviennent. Il y a de grands moments, quand les soldats russes, certains d'entre eux, fraternisent avec le peuple. Mais les forces sont inégales. Malgré la résistance courageuse à laquelle l'adolescente est fière d'avoir participé, la loi revient à la force, et pour longtemps. Ces événements ont causé la mort de 2 700 personnes. Sur une photographie on la voit tenir une arme, c'est la dernière image d'Erika.

Le 10 juillet 1969 elle est Gabrielle, agrégée de lettres. « …un professeur exceptionnel » selon un magistrat. Le tribunal correctionnel siège à huis clos. Condamnée à douze mois de prison avec sursis, elle bénéficie d'une loi d'amnistie. Jugeant que les enseignants sont soumis à une certaine réserve qu'elle n'a pas respectée, le procureur requiert une inscription au casier judiciaire, pour l'éloigner du poste qu'elle occupe dans l'éducation nationale. Déprimée, désespérée, le premier septembre 1969, Gabrielle met fin à ses jours. Elle avait trente-deux ans, son élève dix-sept.

En 2007 à dix ans, c'est Malala. Elle dénonce les islamistes qui incendient les écoles pour filles dans son pays, le Pakistan. À onze ans, elle se bat pour le droit des filles à l'éducation. En 2012, victime d'un attentat, blessée grièvement d'une balle dans la tête, Malala est soignée au Royaume-Uni, à Birmingham. Cet attentat ne fait que renforcer ses convictions. En 2013 elle crée la fondation Malala qui œuvre pour la construction d'écoles et doit permettre un meilleur accès à l'éducation pour les filles.

Comment j'aurais aimé parler à cette dame ! Mais elle a disparu. Vers quelle destination ? La vie est un mystère. Je lui aurais dit :

— Madame, je suis Fiona, Fiona Gray. Je dois vous quitter, prendre l'avion pour Édimbourg, et rejoindre mon village d'Ullapool. Ces millions de gens qui attendent leur héroïne de l'espace, leur Martienne, je n'ai pas le droit de les faire patienter plus longtemps.

Quelqu'un pose la main sur mon épaule. Je me retourne. Nos regards se croisent.

— Vraiment ? Êtes-vous bien sûre de ne pas devoir les faire patienter encore un peu ?

Le ton de la voix n'appelle aucune réplique. La pâleur du visage ajoute à son étrange beauté. Je ne l'imagine pas prendre une attitude devant un artiste peintre. On ne peut la représenter que debout, fière, en marche, guidant le peuple. Puis elle s'en retourne vers les siens. Le nez toujours plongé sur leurs écrans, avaient-ils seulement remarqué son absence ?

Ma décision est prise. Je vais encore les faire attendre, mes chers Écossais. J'écris une lettre, adressée au parlement de mon pays. Cette lettre, signée Fiona Gray, les députés la liront. Je ne doute pas qu'ils vont agir assez vite, fiers qu'ils sont d'avoir acquis récemment quelque indépendance vis-à-vis de la Couronne. Mais cette fierté s'accompagne d'une certaine responsabilité. Je demande donc à nos élus d'écouter le vibrant message de ces femmes qui réclament une augmentation de 3,41 euros pour chaque heure de travail, afin de parvenir à l'égalité avec les hommes. Ils appliqueront ainsi dans leur chère Écosse la règle : « A travail égal, salaire égal ». Dès le vote de cette loi, je quitterai la France et, comme je l'ai fait sur Mars, je poserai mes pieds au milieu du Campus de l'université de Glasgow. À Édimbourg j'arpenterai les ruelles pavées de la vieille ville. Enfin je franchirai les Highlands pour rejoindre mon village d'Ullapool et répondre à l'accueil chaleureux de mes compatriotes.

Madame du Deffand (1697-1780)
Sejourner Truth (1797-1883)
Elisabeth Dmitrieff (1851-1910)
Emmeline Pankhurst (1858-1928)
Ruth Andreas Friedrich (1901-1977)
Erika Szeles (1941-1956)
Gabrielle Russier (1937-1969)
Malala Yousafzai (née en 1997)

§

PRINTEMPS

Un mobile home comme on en voit beaucoup. Il y a des bacs à fleurs sur la petite terrasse. Des plastiques pendent qui protègent des intempéries. L'homme est sur le pas de sa porte. De petite taille, il s'appuie sur la rambarde, il m'interpelle.

— Je ne vous vois pas mais je sais que vous êtes là. J'ai l'ouïe fine, je vous ai entendu passer.

Je lui dis bonjour, mais je ne sais pas quoi lui dire d'autre. Je n'ai pas envie de parler de la pluie et du beau temps. Il vient à mon secours.

— C'est le retour du beau temps, les soirées deviennent agréables. Foutu hiver. Pas d'eau.

— Ah ?

— Les canalisations du camp ont gelé. Pas d'eau. Tout l'hiver. Ça ne fait rien.

Il sourit dans sa barbe, et tape sur la rambarde.

— Il y a pire, allez !

Moi je ne sais pas quoi dire. Parler des canalisations ? Du froid qui frappe les uns et pas les autres ? Je reste muet.

— C'est le printemps, cette fois-ci pour de bon. Le problème, c'est les yeux. Parce que je ne suis pas tout seul. J'ai un compagnon. Je l'emmène partout avec moi. Il m'a pris les yeux. Le cancer, il est généralisé. Je vous regarde, mais je ne vous vois pas.

Il sourit dans sa barbe.

— Lui, là-haut, il a oublié d'inventer la marche arrière. La marche arrière pour nous. Allez, c'était une belle journée. Passez une bonne soirée monsieur dame.

Le visage de cet homme restera pour toujours gravé dans ma mémoire. Si j'avais eu le talent de Polyclète ou de Phidias, j'en aurais fait un philosophe. Dans le marbre blanc, de Paros. D'ailleurs l'homme est un sage, un vrai. Comme ceux des temps anciens, quand le bonheur terrestre était en harmonie avec l'ordre cosmique. Quand tout allait bien, parce que c'était comme cela. Quand il ne fallait pas s'arrêter sur les petits malheurs, qu'il fallait les comprendre comme des aléas du Grand Tout. Et même plus, quand les petits malheurs étaient nécessairement compris dans la facture présentée par les dieux. Une sorte de TVA, ou de Contribution Humaine Généralisée pour la préservation de l'équilibre du monde. Ils étaient sages les Anciens. Ils s'accommodaient de tout.

Et puis arrêtez avec l'esclavage ! Si, je vous vois venir, vous les avocats des temps nouveaux :

« Ah elle était belle la sagesse grecque, pour dix pour cent de la population, quand d'autres devaient extraire le plomb et l'argent, à quatre pattes dans les mines du Laurion. Epictète n'avait pas dû y mettre les pieds dans les mines, lui qui répétait, austère, rigoureux et insensible à la douleur : « Supporte et abstiens-toi ! » Il était beau l'ordre du monde quand ceux d'à côté, par-delà les frontières, étaient considérés – par les plus sages des philosophes – comme des barbares ! »

Voulez-vous que je vous dise ? Vous parlez trop. Enfin ! Cessez de donner des leçons à vos ancêtres. La moitié de votre monde crève de faim. Des peuples s'entretuent. Des fous sont au pouvoir et menacent la planète entière. Des philosophes ou prétendus tels emploient des mots compliqués pour ne rien dire. Des sages passent leur vie en prison. D'autres sont dans l'obligation de se taire parce que ce sont des femmes. D'autres encore sont menacés de mort, simplement parce qu'ils sont nés, à cause de leur couleur de peau, de leurs croyances, ou parce qu'ils vivent depuis des millénaires en un lieu qui doit subir la déforestation. L'humanité tout entière est menacée par les rejets toxiques de la folie industrielle.

Un homme, sur le pas de sa porte, devant son mobile home, a perdu la vue, il a passé l'hiver sans eau, pour tout compagnon, il a le cancer. Il ne demande rien. À personne. Il salue l'arrivée du printemps.

§

FRANTISEK BASS

Pour écrire des notes de voyages, tenir un journal, il ne faut pas que l'émotion soit trop forte. Beaucoup de choses peuvent être racontées, anecdotes pas toujours amusantes sur le coup d'ailleurs, mais comme le temps passé – surtout en vacances – est toujours joli, il est plaisant de faire partager aux proches et aux amis les épisodes d'une aventure même si elle est un million de fois moins spectaculaire que l'ascension du Mont Blanc sur un seul pied en fermant un œil, expérience non encore tentée mais cela ne saurait tarder au train où vont les choses. Vous rendez-vous compte ? Raconter son voyage dans un pays européen dont les habitants souffrent d'une baisse du pouvoir d'achat, alors que des journalistes intrépides risquent leur vie dans des pays en guerre sans pouvoir toujours rapporter ce qu'ils ont vu ! Jamais je n'oserai.

Seulement voilà : ce pays rongé par la crise sociale mais dont les habitants vivent librement et en paix depuis presque trente ans, ce pays qui connaît autant de problèmes et même plus que la France, ce pays est la Pologne. À Cracovie après la visite du château Wavel, après avoir admiré de là-haut le méandre de la Vistule, après avoir flâné autour du Rynek et pris en photo l'alignement des arcades de la Halle aux draps, après avoir dégusté une pleine assiette de pilorgi, on franchit le fleuve pour se trouver place Bohaterow Getta au milieu des chaises vides. Elles sont en bronze et symbolisent l'absence des personnes qui étaient rassemblées ici lors de la liquidation du ghetto en 1943, avant leur transport vers le camp d'extermination.

C'est ici que le voyage commence, le vrai, celui qui vous transporte. Au-delà de tout, des kilomètres d'autoroute, des plaisirs de la table, de la bière du pays, des temples de la paix de Jawor et Świdnica, des trésors des églises, des promenades le long de l'Oder à Wroclaw jusqu'au Raclawice, cette toile qui raconte sur 120 mètres et 360° l'insurrection de Kosciuszko de 1794, au-delà des Carpates et plus en profondeur que les 125 mètres du sous-niveau Kazanow de la mine de sel de Wieliczka où l'on peut déguster la choucroute polonaise après avoir contemplé le bas-relief de la Fuite en Égypte sculpté par les mineurs dans le sel. À Podgorze sur la place Bohaterow Getta nous sommes loin, très loin de l'histoire et de la géologie.

Ici le passé a fermé ses portes. Passé le pont Powstancow Slaskich sur la Vistule les professeurs d'histoire, même agrégés, sont condamnés au silence. Nous sommes à des années-lumière de Kosciuszko et de la lutte d'un pays pour son indépendance. Ici il n'y a pas de champ de bataille car il n'y eut pas de lutte. Les fresques historiques et les livres sont inutiles car les événements qui eurent lieu sur cette place sont indicibles. On peut donner des dates, oser des chiffres, et même prendre des airs sérieux, compatissants, outrés. Mais toujours on restera en deçà de ce que le cœur humain pourrait exprimer s'il avait la parole. Ce ne sont ni des ennemis ni des hors-la-loi qui ont été emportés, mais des gens qui étaient nés.

Retour par la République tchèque, à Terezin. Le musée mémorial du camp de Theresienstadt présente au visiteur un grand nombre de documents qui rapportent en mots et en images les persécutions subies par la communauté juive tchèque pendant l'occupation nazie. Sous la photographie d'un petit garçon on peut lire ce poème composé par lui :

A little garden,
Fragrant and full of roses.
The path is narrow
And a little boy walks along it.

A little boy, a sweet boy,
Like that growing blossom.
When the blossom comes to bloom
The little boy will be no more.

Né le 4 septembre 1930 Frantisek Bass est mort à Auschwitz le 28 octobre 1944.

§

PETER

Irlande, 1977. Cet homme est la première personne avec qui nous échangeons quelques mots. La maisonnette est blanche de chaux. Il est debout sur le pas de sa porte. Deux chatons jouent à ses pieds. Tête penchée, il nous regarde.

Peter n'a d'yeux que pour nos enfants. Il sourit. Un bruit de chariot. Le collecteur du lait s'arrête devant le bloc de béton sur lequel sont déposés les bidons des fermes alentour. Pete fait quelques pas jusqu'à l'homme qui lui tend son litre de lait. Tous les jours il a droit à son litre de lait. Peut-être ne vit-il que de cela. Ou d'autres, du village, viennent-ils lui porter quelque chose ?

Peter est seul. Seul dans sa maison, et une fois le laitier parti, seul dans la campagne. Le premier bourg est à un kilomètre. Seul avec ses deux petits chats. Il sait qu'on est français. Il connaît quelques mots de notre langue, tout heureux de les prononcer. Ses yeux brillent. Ce sont des larmes.

Il n'a jamais posé un pied en France, mais la France il la connaît mieux que personne. Car en juin 1944 son fils s'en est allé, avec des milliers d'autres, pour libérer le pays. Et Peter est resté sans nouvelles. Il baisse les yeux sur les petits chats. C'est tout ce qu'il a, Peter, et chaque jour, cadeau de Dieu, ce soleil qui tourne invisible au-dessus et qui se couche, rouge sur l'horizon.

§

HOMO CONNECTUS

Qu'il voyage dans le train ou dans son automobile, il est l'homme du vingt et unième siècle. Il est perpétuellement connecté, relié au monde par un minuscule émetteur-récepteur collé à l'oreille. C'est une sorte de téléphone qui, comme son nom l'indique, relie l'opérateur au monde lointain. Cet appareil a pour effet de couper toute relation avec le monde qui l'entoure. Ce qui peut présenter des avantages quand l'environnement est bruyant ou déplaisant. Des inconvénients aussi, pour les passagers du train, car l'homme peut venir à parler, et parfois très fort de choses qui n'intéressent personne, peut-être même pas son interlocuteur. Au volant, son attention n'est pas totalement concentrée sur les problèmes de la circulation, il manque de prudence et tente des dépassements audacieux tout en demandant à untel ou une telle des nouvelles et autres choses d'importance qui provoquent chez lui des réactions imprévisibles, imprévisibles surtout pour les autres usagers de la route. Toutefois il ne craint pas les contraventions. Grâce à des dispositifs sophistiqués, il a ce qu'il faut dans la voiture pour éviter les flashes des radars. La vitesse de son bolide plonge à l'approche des appareils qui lui font une guerre sans merci, guerre dont il sort toujours vainqueur, car sa technologie à lui a des années d'avance sur celle de l'état.

Chez lui il n'y a pas de livres. Où trouverait-il le temps d'apprendre des choses qui n'ont plus cours aujourd'hui, ne sont d'aucune utilité ? Au lieu des livres, sur les murs il y a des écrans. Des images défilent, fugitives. Elles sont accompagnées de sons qui font penser à de la musique, surtout par le rythme, une sorte de boléro interminable, mais joué sans instrument si ce n'est le tambour. Des voix humaines parviennent tant bien que mal à se faire entendre entre les coups, elles déclament plus qu'elles ne chantent des mots qu'on ne comprend pas. On m'a dit, je dis bien on m'a dit, que c'est très bien ainsi, car tout n'est pas bon à entendre. Une chose est certaine, il n'est jamais question d'amour. Le sujet est un peu dépassé aujourd'hui, on s'intéresse à la vie sous tous ses aspects, la culture de la rue, l'identité, le vivre ensemble, l'apport inespéré que constitue pour la république les mœurs et les coutumes venus du fond des âges, qui ont l'avantage de remettre bien des choses à leur vraie place.

Il n'est pas resté longtemps sur les bancs de l'école. D'autres l'ont fait avant lui, à qui cela n'a rien apporté. Il l'a bien et vite compris. L'école c'est trop long pour un champion qui fait rapidement le tour des questions et surfe sur tout ce qui bouge. Deux trois copains par-ci, deux trois copains par-là, rien de plus facile que de monter une start-up import-export dans le domaine informatique. C'est tout l'avantage de la chose, le client ne sait pas ce qu'il achète, car en informatique, on ne voit rien, on ne comprend rien, on ne répare rien. Tout est dans des circuits qui ne sont pas visibles à l'œil nu. En cas de panne, on se déplace. Il débranche ses antennes et vous écoute. Pas longtemps. Vous aviez posé un pied dans la boutique, qu'il avait fait le tour du problème. C'est Argus, il a des yeux partout, tous ses circuits sont toujours en alerte, et opérationnels. Vous n'avez pas dit un mot, il sait qui vous êtes, votre âge, celui d'avant l'invention des puces. Il parle doucement, prend un air désolé, avec une pincée de condescendance. L'usure du temps. Votre appareil en est victime, et encore vous avez eu bien de la chance pendant ces trois longs mois. Bien d'autres rendent l'âme dans leur première enfance. Il vous montre celui-ci, il vous montre celui-là qui ne valent pas un pet de lapin, Homo Connectus a du vocabulaire, des clients lui apprennent les finesses de la langue. Résultat, vous devrez à nouveau dépenser une fortune dans une télé, un ordinateur, un appareil numérique pour les photos, un i-quelque chose, fortune qui fera le bonheur de notre homme, et qui explique le côté caverne d'Ali Baba de son espace vital.

Déploiement incroyable de richesses sur les murs. Montagne de technologie provenant des recherches menées dans les laboratoires les plus performants du monde. Produits de la recherche spatiale, de la nanotechnologie, de la physique nucléaire. Si un extraterrestre entrait dans la boutique, il aurait sous les yeux ce que l'homme, au bout d'un cycle de dix millions d'années, au prix de mille efforts, de travail, d'espionnage aussi et de guerres, il aurait sous les yeux ce que l'homme a su réaliser pour tenter d'établir les communications, et pour devenir esclave de ses propres inventions. Je me dis que tous ces instruments, s'ils rendent parfois la vie plus facile et amusante, ne changent rien à la mentalité de ceux qui les manipulent.

J'entends des mots. C'est à l'accueil du magasin. Connectus converse avec son employée, désignant du menton deux personnes qui viennent d'entrer.

Homme du vingt et unième siècle, champion de la modernité, dépositaire d'un savoir sans limite dans tous les domaines de la communication, par fil, sans fil ou par satellite, notre homme toise en ricanant deux hommes qui flânent dans le magasin. Ils se tiennent par la main.

§

CHRISTIAN ARTAUD, CHAMPION CYCLISTE

J'avais compté sur Peyresourde pour gagner quelques places au général. Ce n'était pourtant pas faute d'appuyer sur les pédales, mais rien n'y faisait, je n'avançais pas. Les coéquipiers qui habituellement n'étaient pas plus agiles que moi en montagne, les uns après les autres me faisaient un petit signe de la main avant de disparaître plus haut, plus loin, vers le lacet suivant. Pourtant les cuisses ne me brûlaient pas, je ne souffrais pas, mais je restais plaqué, loin du peloton, sans réagir. Le break bleu revint à ma hauteur, Rambo me demanda si je n'étais pas malade, mais non, rien, j'allais bien. Et j'avais tout le nécessaire, bidons, barres énergétiques, banane.

On l'appelle Rambo parce qu'il est costaud, et attention ! Quand il est en pétard… Il n'est pas méchant, mais on peut comprendre qu'il n'aime pas voir ses guerriers à la dérive. Le sponsor avait laissé cette année une dernière chance à notre équipe. Traduction : il faut gagner ! Et dans ce col que pourtant j'aimais bien avec ses pentes régulières, aujourd'hui le guerrier Artaud était désarmé. En prenant un lacet au large, je réalisai qu'à part la voiture-balai, il n'y avait plus personne derrière moi. Et devant, même ceux qui peinaient à s'accrocher au gruppetto[13] étaient hors de vue. Comme je ne grimpais pas vite, j'avais le temps de regarder autour. Et surtout d'entendre les quolibets des spectateurs. Certains se croyaient drôles :

---

13 Le « gruppetto » (on dit aussi « l'autobus ») rassemble les coureurs lâchés dans les ascensions et leur permet de rouler à un rythme régulier en leur épargnant des efforts inutiles.

« *Eh papa, t'aurais dû prendre dans l'autre sens* »
« *T'as oublié de faire le plein d'essence* ».
Des plus méchants :
« *Il te reste plus que cent vingt kilomètres et trois cols et t'en auras fini avant l'assaut des journalistes !* »
« *Va pas te casser la gueule en montant sur le podium !* »
Un autre s'approchant et risquant de me faire chuter, hurla :
« *T'es moins fort sur le vélo que pour bavarder à la télé !* »

Toujours des voix d'hommes. Les femmes étaient plus mesurées, certaines m'encourageaient. Mais le pire était de constater que beaucoup de gens avaient déjà replié leurs chaises, des moteurs tournaient, les camping-cars manœuvraient, des cyclistes amateurs redescendaient vers la vallée. Sous le beau soleil de juillet, ils avaient vu l'essentiel, une belle étape comme d'habitude en montagne, avec le maillot jaune et leurs champions préférés en plein effort dans l'ascension du grand col pyrénéen.

Même fatigué, j'aime les descentes, négocier à la limite les virages les plus resserrés, puis remettre tout à droite[14], quelquefois en danseuse pour entraîner l'énorme 54x11. Dans la descente de Peyresourde, je repris quelques forces qui me permirent de venir à bout des trois cols restants, pour terminer dans les délais.

Après le transfert à Arreau, l'ambiance dans le bus n'était pas noces et banquets. Rambo maugréait contre Lecamus, notre leader qui n'avait pas su tenir son rang, perdant son maillot de meilleur grimpeur et trois nouvelles minutes sur le maillot jaune. Je me faisais tout petit sur la banquette en attendant mon tour. M'avait-il oublié ? Je tremblais comme autrefois à l'école quand le maître faisait glisser son doigt sur la liste alphabétique dans les deux sens pour faire durer le suspense, et qu'à l'appel de mon nom je montais sur l'estrade pour réciter. Pas une seule fois Rambo ne regarda dans ma direction. Soudain il dit :

14 Mettre tout à droite : sélectionner le plus grand développement.

— Demain Tourmalet, Aubisque. Le toit du Tour. Un grand moment pour Artaud.

Les visages se tournèrent vers moi, sidérés.

— Car notre guerrier Artaud ne va pas quitter d'un boyau, je dis bien *d'un boyau* la roue de Lecamus. Qu'il pleuve, qu'il vente ou qu'il crève, Artaud sera là, vigilant, l'œil partout, devant, derrière. Il y a trois descentes demain, il faudra protéger Leca du vent, lui indiquer les meilleures trajectoires, jusqu'au pied de l'Aubisque. Après, à Dieu vat ! Leca reprend le maillot, on gagne le Tour.

J'entendais battre mon cœur, pire qu'en haut d'une côte. Pourquoi Rambo m'avait-il désigné ? Quand même pas pour me sanctionner suite à mon « exploit » d'aujourd'hui ? Ou alors, j'envisageai l'impensable : il me faisait confiance, il croyait en moi ! J'avais cru distinguer des sourires sur certains visages quand il avait dit : « Artaud sera là, vigilant, l'œil partout... ». Je tentais de cacher mon émotion, et surtout ma trouille. Où était-il allé chercher tout ça, que non seulement je serais capable de suivre Lecamus, mais en plus de lui ouvrir la route ?

Fin du briefing. Un par un, ceux qui passaient devant moi me disaient d'une drôle de voix :

— Courage, vieux ! T'inquiète, on sera là aussi !

Les occupants des chambres avaient permuté. Je dormais à côté de Lecamus. Sébastien était un type bien. Depuis plusieurs jours que je traversais une mauvaise passe, il ne cessait de m'encourager, de me redonner l'envie. J'espérais qu'il ne fût pour rien dans ce stratagème d'enfer concocté pour demain. Mais il m'assura que non. Après le massage, comprenant qu'il valait mieux penser à autre chose qu'à l'étape du lendemain, on alluma la télé. Il passa un long moment sur son téléphone, sans doute pour échanger des messages avec sa copine. Moi, je n'avais rien à envoyer, Sarah en avait ras le bol du cyclisme, je n'étais jamais là, tout ça pour des prunes et sans aucun projet pour l'avenir, en tout cas pour nous deux. Et puis il y avait mes déclarations, comme quoi certaines célébrités étaient surtout des champions des transfusions douteuses ou des produits interdits. Rambo avait gardé le silence, mais le sponsor de l'équipe avait fait les gros yeux. De l'inconnu que j'étais, je devins, pour certaines grandes gueules du peloton, le faux cul, le traître, celui à qui on n'adressait plus la parole. Sarah ne m'avait fait aucun reproche, mais l'événement n'annonçait pas un futur radieux pour notre couple.

Pendant que Sébastien était occupé au téléphone, télécommande en main, je cherchais une chaîne qui ne parlât pas du Tour, car j'en avais déjà trop vu et entendu sur le désormais doublement célèbre Artaud, contempteur des tricheurs et… lanterne rouge de l'épreuve. Selon une rumeur, un concours était même déjà proposé, avec une prime de 500 euros pour le dernier du classement sur l'avenue des Champs-Élysées ! Le téléfilm était ennuyeux, si bien qu'on s'endormit tous les deux avant même la scène du crime qui devait déclencher l'enquête. Le tuuut du téléphone me réveilla en sursaut. Sarah :

« *Comment vas-tu ? J'étais inquiète, ils ont montré des images de toi, tu semblais bien fatigué dans la montée de Peyresourde. Je voulais seulement te dire : bonne chance pour demain. Je sais que ton métier est difficile. Tu es courageux. Je t'aime. Je t'embrasse.* »

J'étais tellement ému que mes doigts tremblèrent pour écrire que je l'aimais, qu'elle était tout pour moi.

Le matin sur la place, on avait un peu de temps avant les signatures, Sébastien avait vu une affiche annonçant la Fête du gâteau à la broche, avec une performance locale : la fabrication d'un gâteau d'1m80 de haut ! Mais c'était pour fin juillet, donc pas pour nous. De toute façon, Rambo… Bref ! Départ à 11 h 30 direction Aubisque avec arrivée au sommet, à 1 709 mètres. Comme souvent, des inconscients partirent à fond les manettes. Je connaissais le coin : 12 km d'ascension pour le col d'Aspin avec des passages à plus de 8 %. Lecamus ne se retournait pas, mais il savait que j'étais collé à sa roue. L'équipe du maillot jaune avait tout de suite pris les commandes, suivie d'autres favoris, puis de nous deux. Le rythme était soutenu, mais pas assez pour éviter des attaques. Surgi de l'arrière en pleine vitesse, Guerrera s'envola. Les leaders ne tentèrent rien, car le petit grimpeur équatorien était loin au général, mais le rythme s'accéléra encore. C'est à ce moment-là que le boyau arrière de Sébastien perça. On se précipita tous les deux sur le bas-côté, les bras en l'air pour alerter. Le peloton encore groupé mais étiré eut le temps de nous dépasser avant l'arrivée du break bleu. Valentin, le mécano, tenta en vain de changer la roue, mais il cafouilla à cause de ce maudit frein à disque. L'autre solution fut vite adoptée, Sébastien enfourcha son deuxième vélo réglé sur le bon braquet, Rambo hurla quelque chose que je ne compris pas, sans doute à l'adresse de Valentin, et nous voilà repartis dans la côte, moi devant, Seb dans la roue, à fond. Comme nous étions dans les lacets, on ne voyait pas encore les voitures, et dans l'oreillette on nous annonça une minute de retard sur le maillot jaune. Je fus vite rassuré sur ma condition, au point que, jusqu'au sommet du col j'entendis à maintes reprises Seb hurler :

— Ho, vas-y mollo, on a encore le Tourmalet et l'Aubisque…

Pendant un ou deux lacets, je levai un peu le pied, puis une sorte de fureur intérieure me reprit quand j'aperçus les derniers du peloton. On les passa comme dans un sprint. En quelques minutes notre retard sur les quatre ou cinq meilleurs coureurs du monde avait fondu ! Rambo parla dans l'oreillette :

— Jusqu'en haut restez au contact. Si tout va bien, on fait prudemment la descente, on reste calme jusqu'à Sainte Marie. Après, jusqu'à La Mongie ils vont s'énerver, on avisera.

L'ascension d'Aspin ne nous posa aucun problème, Seb me suivait à touche touche, nous étions devant, une bonne tactique, car nous décidions nous-mêmes du rythme qui nous convenait. Quand la pente dépassa les 8,5 %, nous perdîmes nos coéquipiers, mais les équipes adverses n'étaient pas mieux loties. Le maillot jaune Scarfiotti avait encore un gregario[15], et ce groupe de tête ne comptait plus qu'une quinzaine de concurrents. Certes, Guerrera était toujours devant, mais l'ardoise nous annonçait un écart stabilisé à 3 minutes. Au sommet, je laissai Seb passer devant pour ses points au grand prix de la montagne, et je repris le commandement dans la descente. Je crois que de ma vie de coureur je n'avais roulé aussi vite avec une telle maîtrise. En sortie d'épingle, je jetais un œil, Seb était bien là, solide au poste, Scarfiotti dans sa roue, et les autres éparpillés sur au moins une centaine de mètres. À Sainte-Marie-de-Campan la route du Tour bifurquait pour prendre la direction de l'enfer, le col du Tourmalet indiqué à 16,9 km avec un dénivelé positif de 1 266 mètres, soit une pente moyenne de 7,5 %. Moyenne ! Car à partir d'Artigues, la pente passe à 10 %…

Vu comment j'avais avalé Aspin, mon moral était d'acier. Je n'avais pas levé le pied en bas de la descente, pour éviter le retour d'attardés qui auraient pu venir épauler nos adversaires dans les premières pentes. Dans l'oreillette, rien. Donc Rambo me laissait faire. Je m'attendais à quelque chose dans La Mongie, je ne fus donc pas surpris de voir Bellini, avec son maillot de champion d'Italie et compagnon de route de Scarfiotti lancer une violente attaque à la sortie du village. Je gardai mon calme, maintenant l'allure. Il prenait le large, sans vraiment creuser le trou sur nous dans les premiers lacets. Je sentais le maillot jaune nerveux. Du regard, j'interrogeai Seb, sa moue m'indiquait qu'il était dubitatif sur la forme du leader. S'il avait été bien, il aurait sauté dans la roue de son coéquipier. Ou alors, il nous laissait faire le travail, contre le vent, en préparant une envolée dans les derniers lacets, pour rejoindre son copain avant la descente. La pente s'accentuait. Il ne faisait pas trop chaud

15 « gregario » : « équipier » en italien.

et la route était belle, des conditions idéales pour moi qui ne suis pas un pur grimpeur. Je pédalais encore assis, en maintenant une vitesse régulière. Seb lui, presque toujours en danseuse me suivait facilement. Rambo dans l'oreillette me prévint que Bellini avait nettement ralenti et semblait attendre son leader. Seb avait entendu aussi. On ne changea rien à l'allure, toujours soutenue.

Devant les rangées de camping-cars les spectateurs se faisaient de plus en plus nombreux. Mais à 5 km des sommets, le couloir pour passer est encore assez large. Comme j'étais devant, Seb était à l'abri des gestes inconsidérés des cinglés qui couraient à nos côtés dans des tenues incroyables, brandissant des drapeaux qui risquaient de se prendre dans les rayons. Lecamus était encore jeune, pas vraiment connu, une ou deux fois dans la journée, je ne sais pas s'il avait remarqué, mais j'avais vu son nom peint sur la route. Il y avait des pancartes en faveur de Perez, normal, l'Espagne n'était pas loin. Quelques encouragements pour Scarfiotti. D'autres coureurs français avaient la faveur du public, mais ils n'étaient pas dans notre groupe, leurs fans les attendaient, inquiets.

Guerrera avait été rejoint par Bellini, ils n'avaient plus qu'un lacet d'avance, cent mètres. Sébastien allait bien. Nous arrivâmes à leur hauteur sous la pancarte « col du Tourmalet 3 km ». Perez, deuxième du général, démarra aussitôt, Scarfiotti dans la roue. Ils prirent cinq, puis dix, cinquante mètres. Seb ne disait rien, je maintins l'allure. Il vint à ma hauteur, d'un mouvement du menton il me demanda mes intentions. Je lui répondis par un sourire. Il me connaissait et savait ce que cela voulait dire : que je pétais la forme.

Silence encore dans l'oreillette. Rambo avait dû attendre les événements majeurs dans l'étape reine du Tour de France pour piquer un roupillon ! À deux kilomètres du sommet, on voyait encore les deux fuyards, à deux cents mètres environ. Derrière nous, plus personne. Comme notre avance sur les premiers poursuivants était supérieure à la minute, les voitures furent autorisées à nous rejoindre, celle du maillot jaune, celle de Perez et la nôtre. Le break bleu vint à notre hauteur, Rambo nous tendit les bidons et de quoi manger. Seb avait dû lui dire que tout allait pour le mieux, car j'eus le temps de voir le patron faire un signe de la main, satisfait.

Nous revînmes sur Perez et le maillot jaune à un kilomètre du col. Aussitôt, revenant à ma hauteur, Seb cria :

— On y va Chris !

Perez avait entendu, car il se tourna vers nous. Mais c'était trop tard. J'étais déchaîné. On leur prit cent mètres en quelques secondes. Au premier virage, Seb m'avertit que Perez était seul, Scarfio lâché. Si j'en avais besoin, cela m'encouragea encore. Je retirai une dent à l'arrière, et me mis à enrouler un braquet que je n'avais jamais osé employer en montagne. Dans l'oreillette, Rambo :

— Qu'est-ce que vous faites ? Et l'Aubisque ?

Il comprit sans doute que ce n'était pas pour nous le meilleur moment pour téléphoner, il n'insista pas. Comme je l'avais fait dans Aspin, je laissai Seb passer la ligne pour ses points du prix de la montagne, et nous voilà tous deux engagés dans la descente. J'ouvrais la route, à fond, négociant des trajectoires d'anthologie, épargnant à Sébastien de savants calculs. En plus, la route jusqu'à Luz était refaite, et surtout sèche. On me dit par la suite que nous avions flirté avec les 100 km/h dans les bouts droits !

Sur la grande route des Gorges de Luz-Saint-Sauveur jusqu'à Argelès-Gazost, Sébastien avait sans doute une idée en tête, car il proposa de me relayer. Je ne comprenais pas, car c'est sur ses épaules que reposait le destin de l'équipe dans ce Tour. Il insista. Il prit les relais. La moto à l'ardoise nous signala une avance de deux minutes trente sur Perez et Scarfiotti revenu sur lui dans la descente. Seb avait encore ce matin quatre minutes de retard sur le leader. Il fallait en remettre un coup avant Arrens-Marsous, au pied de l'Aubisque. Je pris les choses en main. Comme je suis assez grand, Seb était bien abrité, à Arrens on avait trois minutes d'avance sur nos deux adversaires. Je connaissais le col du Soulor, roulant, facile. Nous

nous étions alimentés avant Arrens, nous avions encore de l'eau, car même si la voiture était revenue sur nous, à moins de 10 km de la ligne, tout ravitaillement était interdit. Dans la côte, Rambo nous donnait régulièrement les écarts : à 4 minutes, venant à notre hauteur, on entendit Valentin hurler :

— On a le maillot !

Rambo, rouge de colère :

— Rien du tout, on n'a rien du tout avant la ligne ! Tu ferais mieux de t'entraîner à changer les roues !

Moi j'étais d'accord avec notre mécano, mais parce que je savais une chose qu'il ignorait : que rien ne pouvait plus m'arrêter. Et l'écart ne cessait de croître, 5 minutes, 6 minutes à la flamme rouge. D'habitude, n'étant pas un pur grimpeur, je préférais les arrivées en fin de descente. Mais ce jour-là, peu m'importait l'altitude, la pente, l'état de la route, la chaleur, le froid, le brouillard, j'étais capable de tout. Laissant Sébastien venir à ma hauteur, je lui dis qu'il était temps pour lui de partir, de gagner l'étape et d'endosser le maillot.

— Non Christian, aujourd'hui c'est toi le champion. Fonce !

La pente était encore à 6 %, mais je passai la chaîne sur le grand plateau. J'entendis une voix derrière « Fonce ! ». Dans l'oreillette, Rambo :

— 800 mètres ! Courage mon garçon !

Je parcourus seul, sans l'aide de personne ces quelques centaines de mètres, et je franchis la ligne. Sébastien Lecamus finit cinquante secondes après moi avec une dizaine de minutes d'avance sur le porteur du maillot et les autres favoris du Tour. Ce qui s'est passé alors est habituel dans ces grands moments qui font la popularité du Tour de France, la foule, les acclamations, les journalistes, les interviews, les bousculades. Pour le vainqueur de l'étape, le maillot jaune et d'autres tirés au sort, les contrôles antidopage. Rambo voulait nous atteindre pour nous annoncer la nouvelle. Mais vu la cohue, on n'apprit celle-ci que plus tard : le contrat avec le sponsor était prolongé pour trois ans.

Comme vainqueur de l'étape, je montai le premier sur le podium, puis Sébastien comme nouveau leader du Tour. Nous eûmes droit l'un après l'autre aux acclamations du public. Aux questions des journalistes, Sébastien déclara qu'il devait le maillot jaune avant tout à Christian Artaud, qui l'avait guidé et protégé, maîtrisant avec brio trois grands cols pyrénéens.

Mais la plus belle récompense était un peu perdue dans la foule, au pied de l'estrade : Sarah.

§

ARTÉMIS

Elle est dans le wagon, seule. Il y a foule autour d'elle, mais elle est seule. Ses quatre enfants sautent sur les banquettes, importunant les passagers du compartiment. Et ce sera comme ça jusqu'à Paris où elle se rend pour le tribunal. À la ronde autour d'elle, il n'y a pas un homme. Un homme un vrai. Un homme qui s'intéresse à elle. Pas un, vous entendez ? Pas un. Ils sont pourtant nombreux dans ce train. Ils sont des millions dans le monde, des milliards. Et pas un pour un sourire. Un sourire qui vient du cœur. Un sans arrière-pensée. Pas un. Les mômes me bousculent. Il faut vraiment que je me retienne. Vous avez vu ce maire ? Qui avait giflé un malpoli ? Condamné ! Incroyable. Je ne sais pas ce qui me retient. Les voilà repartis en marchant sur les pieds des gens. Toutes les remontrances de leur mère ils ne les entendent pas. Sourds. Incorrigibles. Qu'est-ce qu'ils vont devenir ?

Je sais qu'elle se rend au tribunal, elle l'a dit au plus petit qui faisait la comédie. C'était quand on montait dans le train. Tu vas voir si tu continues. Tu vas voir où il va t'envoyer le juge au tribunal. Le gamin s'était calmé, serré contre sa mère. Les autres riaient et la mimaient en faisant des singeries, « tu vas voir le méchant juge il va te mettre en prison », ça les faisait glousser. Les mômes ça commence à bien faire. Continue comme ça, qu'elle dit, je t'en retourne une.

Les paysages défilent, immeubles hauts comme des tours, des petits carrés de fenêtres comme des gommettes mal collées sur un cahier sale. Des grues pour en construire d'autres avec des tas qui attendent, de sable, graviers pour les tonnes et les tonnes de béton.

Et pas d'arbre. Pas un. Il y en a pourtant des arbres dans le monde, des millions de milliards. Mais là pas un. Depuis tout à l'heure que l'autre m'avait marché sur le pied, pas un arbre. À la dérobée je la regarde.

Tu es d'une étrange beauté. Je t'imagine en Athéna, casquée, armée, maîtresse de la ville et du monde. Mais tu n'es pas guerrière. Peut-être faudra-t-il que tu te venges ? Tu es Artémis, épuisée après la chasse. Tes nymphes t'entourent, nues elles aussi dans cette caverne pour un repos bien mérité. L'une d'elles t'éponge le front, une autre revient de la source et verse sur ton corps un fil d'eau fraîche. Un bruit de pas. C'est l'autre, il passe sa tête et se régale. Il ne l'a pas cherché, il ne l'a pas voulu, mais il est là, Actéon. On entend ses chiens, au loin, qui gueulent de plaisir, ils dévorent le cerf. L'homme, chasseur ingénu est là sans le faire exprès. Un vieux réflexe, il se détourne.

Tu es encore plus belle quand tu admonestes tes enfants, le regard fier, les cheveux rejetés, tu es de la race des grandes. Elle fait un signe à ses nymphes encore horrifiées par l'intrusion de l'homme, elles reviennent auprès d'elle. Actéon s'immobilise. Ses vêtements se détachent et jonchent le sol. Il tombe en avant. Un fin duvet lui pousse sur tout le corps. Puis ce sont des poils. Sur la tête des cornes, deux en forme de dagues. Elles grandissent, son nez s'allonge en museau. Sur le crâne de grands andouillers s'épanouissent. Va maintenant, lui dit-elle. Va retrouver tes chiens. Il s'enfonce dans la forêt, espérant trouver ses bêtes, elles ne le reconnaissent pas et ne voient qu'un cerf magnifique, en majesté. Une première le mord au jarret, le pauvre homme sous l'effet de la métamorphose n'a plus sa voix humaine, il brame, et plus il brame plus les molosses mordent et le dévorent.

C'est Argenteuil maintenant. Là-bas au fond ça doit être la cour d'une école, il y a un arbre. Au juge tout à l'heure, il faudra qu'elle dise pourquoi elle a volé. Que ceux qui lui ont fait des enfants, l'un a disparu, l'autre est reparti au pays avec un petit qu'elle ne reverra plus, le dernier est en prison pourtant il n'a rien fait à ce qu'on sait.

C'était Noël, elle a fourré des jouets dans son cabas, ni vu ni connu qu'elle croyait. Mais l'autre morpion en avait volé aussi. Et c'est elle qui a été fouillée. Les flics au magasin et tout le bataclan. Résultat des courses, une semaine sans ménages et sans ressource.

C'est Paris. Le train s'arrête. Les bras chargés, le petit à la main, les autres qui courent sur le quai, elle descend tête baissée le regard fixé sur les marches. S'il y avait Zeus là-haut, un dieu, un vrai, un dieu des dieux, il l'armerait d'un arc et de flèches. Sur ce quai pourri où tout le monde court ignorant tout le monde, elle se dresserait, nue, et les regards se confondraient d'admiration, même ceux des hommes, avec tout le respect dû à une déesse.

Mais là-haut il n'y a rien.

§

VIVIANE

— Rassurez-vous madame, loin de moi l'idée de revenir sur les événements tragiques d'hier. Vous avez dû être déjà questionnée sur ce qui s'est passé ici…

— Voilà quinze ans que je suis en retraite, seule. J'ai travaillé quarante ans dans la métallurgie, avant la fermeture de l'usine où j'avais pendant vingt ans pratiqué la soudure. Ma retraite est modeste, mais ajoutée à la demi-pension de mon mari, ça me suffit pour vivre. Roger m'a quittée il y a dix ans suite à une longue maladie. Je n'ai plus que mon fils et il est très occupé par ses activités, il voyage beaucoup. Pour moi ici, la vie est difficile. Si j'ouvre la fenêtre, c'est pour aérer l'appartement. Pas pour regarder. Car dehors, rien n'est beau à voir. Entre les détritus éparpillés qu'il faut ramasser chaque jour en compagnie d'autres locataires, des groupes discutent. Des jeunes. Pourtant on est mardi, il est 9 heures. De temps à autre, une voiture de police passe au ralenti, puis disparaît. Oui, hier deux bandes se sont affrontées. Des blessés, l'un d'eux dans le coma. Trafic en tous genres, drogue. Au pied de l'immeuble à côté, ils s'installent dans le hall, table et chaises, les clients arrivent, transactions. La pègre a pris possession des lieux.

— Avez-vous entendu le témoignage ce matin ?

— À la télé ?

— À sept heures, une dame a dit : « *Si je parle on brûle ma voiture.* »

— On se demande si la république existe encore. Sur place, les gens normaux se taisent, l'omerta est la règle. Le maire a parlé :

« *C'est un problème social…* » On a droit au discours sur le chômage, le mal-être, la banlieue défavorisée, l'absence de police de proximité, la prévention, tout le monde est gentil, c'est la faute de la société… Bref, la France devrait s'accommoder du mélange entre les gens honnêtes et les délinquants. Il ne le dit pas comme ça, mais le résultat est que la ménagère qui rentre chez elle doit dire trois fois pardon, baisser les yeux et s'excuser d'exister.

— C'est difficile pour le maire de dire autre chose ! Que peut-il faire si les gens ont peur de parler ?

— Le problème, ce n'est pas le silence des habitants du quartier. C'est la loi du silence au niveau national. Les dégradations dans les transports, dans les services publics, les incivilités, l'absentéisme scolaire, le vol d'un portefeuille, le viol en réunion, l'agression d'un professeur… La société serait responsable de tous ces maux ? Je ne peux plus entendre ce discours-là. Mais enfin, pourquoi chercher toujours hors de nous-mêmes l'origine et même la cause de tout ? Certes la société pourrait être plus juste, mais pour moi, la responsabilité est toujours individuelle. Il faut dire et répéter aux jeunes d'aujourd'hui qu'ils ont bien de la chance de vivre dans un monde où la société n'est responsable de rien, où notre destin pèse sur nos propres épaules. Car nous sommes libres. Libres de tout, de nos mouvements, de nos pensées, de faire du bien, de faire du mal, de risquer notre vie en allant chercher un enfant emporté par la crue, de piller la maison abandonnée d'une famille fuyant l'inondation. Comme nos parents étaient libres de résister, libres de dénoncer. Libres au point de respecter les idées et les croyances d'un autre, libres d'imposer notre propre vision du monde. Libres d'aimer, libres de haïr, libres de sauver, libres de tuer. C'est toute la difficulté de notre condition. Nous pouvons choisir, à tout moment, tout le temps, entre le bien et le mal. Une puissance démesurée, sans limite, effrayante, exaltante. C'est ce que j'aurais voulu transmettre à Maxime, notre fils. Il est dans la politique, à Paris. Il me dit que je vois tout en noir, que j'accorde trop d'importance à ce que je vois de ma fenêtre, que je devrais déménager, plus loin, dans un quartier plus calme, et que je verrais les choses autrement.

— Vous n'envisagez pas de partir ?

— Partir ? Non. Ce serait fuir. L'idée est insupportable. Et puis, cet appartement, c'est trente ans de vie avec Roger, tout ce qui me reste de lui. Comme moi, il n'avait pas fait de longues études, mais à l'époque le certificat d'études vous donnait déjà un bagage pour la vie. Pas seulement en calcul et en orthographe. On nous aidait aussi à bien penser, à distinguer le mal du bien, à nous comporter correctement, à respecter les anciens, nos parents, nos maîtres et nos maîtresses. Pour ceux qui restent prisonniers de l'idée que les rails de la misère mènent nécessairement à la délinquance, il serait bon de méditer ce que l'instituteur nous disait à la petite école, qu'on pouvait être pauvre et digne, et que nous devions toujours répondre de nos actes.

— Comme beaucoup, vous pensez que c'était mieux avant ?

— Oh que non ! Vu ce que nos parents ont vécu, quand je dis « nos parents » je parle de ceux qui avaient un minimum de dignité. Il s'est passé des choses terribles, beaucoup plus que ce que nous vivons aujourd'hui. Mais il y avait quelque chose que nous n'avons plus maintenant : l'espoir. Je me rappelle maman qui m'emmenait au spectacle des Chœurs de l'armée rouge : ils chantaient « *Un bouleau s'élève dans un champ* ». Pour nous cet arbre était le symbole de quelque chose de nouveau, une grande chose en construction, qui allait tout changer… Comme c'était beau !

— Et votre père ?

— Il m'apprenait les paroles de l'Internationale. Je ne savais pas ce que voulait dire « les damnés ». Il me disait que c'étaient les prolétaires, les gens qui gagnent leur pain en travaillant. Que le travail pouvait être la plus belle chose du monde. Non seulement parce qu'il rapportait les sous, mais parce qu'il était utile, les maçons construisaient des maisons, les paysans cultivaient et récoltaient, les infirmières soignaient, les ouvriers fabriquaient toutes les choses nécessaires à la vie quotidienne, et ainsi de suite. Mon père ne comprenait pas qu'on reste à ne rien faire. À l'époque tout le monde s'occupait. La paresse était l'exception. On la montrait du doigt. Le travail était une vertu, comme le courage et la volonté. À neuf heures du matin, il n'y avait plus personne dans les rues. Et ceux qui traînaient encore, on les suivait, l'œil mauvais, car l'humanité n'était pas pour autant meilleure qu'aujourd'hui.

— Ah !

— Pour ça non. Nous n'étions pas des anges. Et nous ne le serons jamais. Pour revenir à mon père, être oisif, c'était seulement bon pour le bourgeois. Ma maîtresse ne parlait pas des bourgeois, mais elle disait qu'il fallait s'appliquer à l'école pour faire quelque chose de sa vie plus tard, que c'était dur parfois de faire des efforts, mais qu'après on en serait récompensé. Pendant mon adolescence, et même avant, j'ai vécu dans l'idée que le travail était quelque chose de bien et que de toute façon il était inévitable. Quand un maître demandait une contribution avant d'organiser une visite dans un musée, jamais je ne levais la main pour dire que je ne participerais pas. Grâce au revenu du travail de mes parents, au cours de ma scolarité, j'ai participé à toutes les sorties dans les musées, les châteaux, ou au théâtre.

— Vous gardez un bon souvenir de l'école ?

— Oui. Et je réussissais assez bien. Ces grands livres derrière la vitrine, ce sont mes prix, Quand je n'avais pas le prix d'honneur, c'était celui d'excellence. Mes parents étaient fiers de moi. J'aurais peut-être pu continuer…

— …mais vous êtes allée en apprentissage…

— Finalement ça me plaisait bien, et puis il y avait la promesse d'une embauche, d'un salaire.

— Vous êtes restée fidèle à la tradition familiale, à la classe ouvrière…

— À l'époque, oui. Mais ici aujourd'hui, elle n'est plus ce qu'elle était.

— Elle existe encore ?

— Elle est partie sous d'autres cieux, d'autres continents. Là où, comme aux siècles derniers en France, même les enfants travaillent dans des conditions très dures. L'ouvrier français sans emploi, la petite solidarité des associations peut lui venir en aide, il aura de quoi se nourrir, un toit ce n'est pas sûr, et ses enfants, l'avenir de ses enfants ? On tire un trait sur le savoir-faire, l'inventivité, la créativité, l'intelligence. Il faut être bien sot pour croire que l'ouvrier travaille avec ses mains. Si le travail n'était que manuel, les tâches les plus difficiles pourraient être l'œuvre de robots. Nous sommes tous des êtres pensants, sauf peut-être ici ou là quelques prétentieux des beaux quartiers à qui l'école n'a pas livré ce qui leur était dû.

— C'est vrai qu'il y a du chômage et de la misère, comme jamais peut-être. Mais aussi plus de solidarité. Le Secours populaire, les Restos du cœur…

— Oui, aujourd'hui, le maître mot est *solidarité*. À se demander pourquoi tant de malheureux à la rue font encore l'aumône. On distribue sans distinction à ceux qui se font connaître. Non seulement trouver du travail est un exploit, mais on encourage les gens à ne pas travailler. On cultive l'oisiveté. La liste des allocations versées aux inactifs est vertigineuse. Il faut vraiment être naïf… ou animé d'un courage héroïque pour travailler à deux heures de chez soi comme vigile, technicien de surface ou manutentionnaire en CDD pour un salaire de misère, quand le gros plouc d'à côté pose dix heures par jour ses cent kilos devant des jeux vidéo en attendant ses assedics, ses allocations familiales, quand ses enfants bénéficient gratuitement de la cantine scolaire et des vacances en colonie offertes par la municipalité. Nora, sa femme, quitte son domicile à sept heures du matin, prépare, habille les enfants, les mène à la crèche, court à la gare puis dans la cohue des transports, après une heure ou plus de suffocation, se rend sur son lieu de travail, un bureau dont elle fait briller les surfaces.

— Vous êtes en colère !

— Pas seulement contre ce pauvre individu. Mais parce que rien ne change. Ceux qui travaillent sont encore aujourd'hui la dernière roue du carrosse. Et les profiteurs ne sont pas seulement les capitalistes. Je la connais Nora, on échange dans l'escalier des coups d'œil complices. Comment est-ce encore possible qu'une femme, jusqu'au cœur de son foyer soit à ce point exploitée ?

— Je reviens à votre père. Vous étiez émue…

— Je ne peux parler de mon père sans verser une larme. Il n'a pas su. Il est mort avant. Avant le soulèvement d'un coin du rideau, avant l'effondrement du mur, de l'Union Soviétique. Vous ne pouvez pas comprendre ce qu'était l'URSS pour des gens comme nous. Ce n'est pas un mur qui s'est effondré, mais l'espérance, celle d'un peuple, des peuples, du mouvement ouvrier, de l'humanité entière. Je suis contente pour papa. Il est mort avant. Il n'aurait pas mérité cela. Mais les autres, ses camarades ? Pensez : pour la première fois dans l'histoire, d'un bout à l'autre du monde, des hommes et des femmes qui ne se connaissaient ni d'Ève ni d'Adam regardaient dans la même direction, s'inventaient le même avenir. Et du jour au lendemain, plus rien. Croire, espérer, c'était se battre, non pour détruire ni faire souffrir, mais pour construire un monde pour l'homme. Un monde pour la femme. C'était combattre l'inégalité, l'exploitation, la colonisation, la guerre. Y a-t-il eu un jour un plus beau combat ? On allait changer la vie, transformer le monde. On peut toujours nous reprocher d'avoir rêvé, pire : d'avoir trop lu, d'avoir trop cru, et surtout d'avoir encensé des modèles qui, avec recul, n'était pas si respectables. On peut reprocher beaucoup de choses aux personnes qui agissent, car souvent elles sont emportées et espèrent soulever des montagnes. J'en vois qui regardent les rêveurs en souriant, qui n'ont pas bougé, pas levé un doigt quand il fallait agir, au risque de se tromper. Quand l'esprit n'est mobilisé que pour faire carrière, pour préserver sa tranquillité et assurer ses arrières, il a peu de chance de se tromper. Les « sages » ne se trompent pas et regardent ceux qui s'indignent et se battent comme des Don Quichotte ridicules. Si dans l'histoire ces personnes très raisonnables avaient décidé du sort de l'humanité, aujourd'hui les enfants à quatre pattes dans les galeries de mines pourraient tout juste manger à leur faim, juste assez pour continuer d'engraisser des charbonniers raisonnables.

— On dit que les humains ont perdu leurs repères.

— Nous avons perdu beaucoup plus. Nous n'avons plus de raison d'espérer. Bien que bourré d'instruments d'une performance sans égale, présentant tout ce que les plus grands centres de recherche ont été capables de concevoir, notre grand bâtiment fait des ronds dans l'eau. Sans cap et sans gouvernail, ivre, le bateau Humanité erre. Il va et vient, fou. Nous avons cru nous libérer en rompant tous nos liens avec de belles idées, et nous voilà orphelins, en manque, perdus.

— C'est désespérant…

— Oui. Au point que… oui je me demande si nous n'avons pas écarté trop vite l'idée de Dieu. Bien sûr ce ne sont pas mes opinions, mais croire en quelque chose, même si cette chose n'existe pas, cela mettait une boussole dans le cerveau des gens. Ils avaient l'impression d'aller quelque part. Quand le jeudi on se rendait en forêt, le chef des Francas[16] nous laissait seuls, avec comme seul guide la mousse sur le côté nord du tronc des arbres. Voilà ! une boussole ! À nos jeunes et au monde entier, il faudrait une boussole ! Et peu importe son nom, sa forme et sa couleur !

Elle se lève, se dirige vers la vitrine où sont rangés ses plus beaux livres, ses prix. Elle sort le plus grand et revient s'asseoir. La couverture représente un rhinocéros à longs poils, des bisons et des chevaux, ce n'est pas une photographie, d'ailleurs dans ce livre abondamment illustré, il n'y a que des gravures et des dessins en couleurs. Le titre : *de Lascaux à Gagarine*.

16 Les Francs et Franches camarades est un mouvement de jeunesse laïque fondé en 1944. À son origine il y avait les Éclaireurs et Éclaireuses de France. Encore aujourd'hui, ils organisent des activités périscolaires, des centres aérés et s'associent à des projets éducatifs locaux.

— Voyez dans cet album, on a un tableau des œuvres humaines.

Viviane feuillette.

— Nous avons découvert le feu, façonné des outils, gravé, dessiné, sculpté, peint des merveilles au plus profond des cavernes… nous avons élevé des temples magnifiques, décoré les plafonds des chapelles… nous avons composé d'immenses symphonies et fredonné des odes à l'amour. Nous avons pensé, inventé, créé. Au cours des siècles nous avons appris quelles étaient nos origines et nous connaissons de mieux en mieux le système du monde. Avant même de les observer, nous avons deviné l'existence de planètes, nous en supposons des milliers semblables à la nôtre.

Elle referme le livre, ferme les yeux.

— Au péril de notre vie, nous avons hébergé des innocents. Nous avons pris les armes quand c'était sans espoir. Nous avons soulagé la douleur, soutenu et soigné ceux qui souffrent. Nous avons enseigné, transmis nos savoirs. Contre l'opinion et l'esprit du temps, nous avons résisté, osé…

Elle rouvre le livre à la dernière page.

— Regardez-le ! Youri Gagarine. Un peuple qui cinquante ans avant vivait sous le servage, un peuple capable d'envoyer un homme dans l'espace pendant 108 minutes ! Un homme qui pour la première fois à travers un hublot, a vu notre planète. Quelques années plus tard, nous avons marché sur un astre… Et maintenant que notre grand bâtiment erre sur les flots, nous serions incapables de lui indiquer un cap, de le doter d'une gouverne ?

On sonne à la porte.

— C'est Sonia, la jeune dame d'à côté. Elle vient souvent me demander si j'ai besoin de quelque chose. On boit un petit coup ensemble, et on papote.

— Je vous laisse. Je peux vous appeler Viviane ? Voilà, Viviane, accepteriez-vous que cet entretien soit publié dans notre magazine ? Auparavant bien sûr je vous transmettrai le texte pour une relecture.

— Si vous avez compris ce que je vous ai dit, je n'ai pas besoin de relire. En tout cas merci, cela ne fait pas beaucoup avancer les choses, mais ça m'a fait du bien.

§

LE REVENANT

Silence dans le laboratoire. Deux scientifiques s'affairent autour d'un matériel à faire pâlir d'envie les professeurs de biologie de nos universités. À 75 ans, la passion d'Helen pour la recherche est toujours bien vivante. Elle a consacré toute sa vie à la lutte contre l'atrophie musculaire et l'ostéoporose. De nouveaux protocoles de recherche ont promis des progrès encourageants. Andy n'a que trente ans, mais ses compétences et ses intuitions expliquent sa présence à côté d'une des plus grandes scientifiques du moment. Absorbés par leur travail, ils s'accordent rarement une pause, sinon par obligation en attendant le résultat d'une expérience. Ils boivent, l'une une tisane, l'autre un café. Comme ce sont les travaux qui déterminent les heures des repas, ils se nourrissent quand ils peuvent. Des paquets d'aliments lyophilisés sont à leur disposition, ainsi que des boissons qu'ils ont eux-mêmes choisies, mais toujours sans alcool. Le meilleur moment de détente est le soir, mais le soir pour eux n'est pas fixé par l'horloge, plutôt par les expériences en cours. Après un dernier tour d'horizon sur les écrans, un signe amical à son collègue, elle rejoint son chez-elle, une pièce étroite qui donne directement sur le labo. Avant de se laisser gagner par le sommeil, Andy ne manque jamais de jeter un œil par le hublot, pour admirer ce splendide globe d'où ils viennent, car comme vous et moi, ce sont des humains. La station plane dans le vide interplanétaire à 450 km de l'astre le plus proche : la Terre.

Ils partagent depuis une semaine l'ISS avec des Russes. Ces derniers, qui travaillent à l'autre extrémité de la plate-forme les ont informés qu'un des panneaux solaires qui alimente en énergie le laboratoire et le module d'habitation occupés par les deux chercheurs américains a été percuté par des débris et qu'il faut absolument le redéployer. Helen contacte alors la base qui leur demande d'aller examiner la situation sur place et de faire un rapport. Une opération extra-véhiculaire est nécessaire. C'est Andy qui en est chargé. Il a suivi un long entraînement au centre spatial, en piscine et en apesanteur pendant quelques minutes dans des vols de gros-porteurs. Depuis la prouesse du soviétique Leonov dans les années soixante, nombreuses ont été les sorties dans l'espace. S'il n'y eut pas de souci majeur, c'est que, avant et pendant chaque tentative, mille précautions ont été prises pour éviter le moindre risque. Le point d'ancrage du câble qui relie les « sortants » à la station est régulièrement contrôlé. Les heures de sortie sont déterminées en fonction de l'orientation de la zone de travail par rapport à l'astre solaire. Des progrès importants ont été réalisés pour réguler les écarts importants de températures entre les parties de la combinaison exposées au soleil, et celles restées dans l'ombre.

Andy sait tout cela. Il a confiance. Il comprend qu'il n'y a pas à tergiverser sur les ordres venus d'en bas. Il relit les instructions (qu'il connaît déjà par cœur) relatives au redéploiement d'un panneau solaire. Avec sa collègue, il répète dans l'ordre les manipulations à effectuer avant d'ouvrir le sas. Elle l'aide à enfiler la combinaison tout en contrôlant sur écran son rythme cardiaque, en augmentation mais sans rien d'inquiétant. Ouverture de la trappe qui sépare le laboratoire du sas. Andy passe. Un petit signe de la main à son jeune collègue, elle referme. Les opérations mille fois répétées se font mécaniquement. Dépressurisation du sas. Andy ouvre l'écoutille externe. Il sort prudemment en prenant soin de vérifier la fixation de la sangle qui doit le relier au module. Il pose la main à hauteur de poitrine, c'est bien là que sont ses outils, dans une poche externe de la combinaison.

Le jeune homme flotte dans l'espace. Il dispose d'une liberté limitée à une dizaine de mètres, la longueur du cordon qui le relie à la plate-forme, ce monde artificiel fabriqué par les hommes. Il est extrêmement préoccupé par la tâche qui l'attend. Malgré cela, il ne peut s'empêcher de jeter un coup d'œil sur Terre. Le monde réel, celui d'où il vient, enveloppé d'une atmosphère toute bleue, est sous lui, à des centaines de kilomètres.

Il ne voit pas encore le panneau, mais il sait dans quelle direction aller. Il se dirige en s'aidant des mains courantes le long du vaisseau. Quand il le jugera nécessaire, il pourra fixer la sangle un peu plus loin, ce sera sans doute nécessaire car elle est déjà tendue et le panneau à repositionner n'est toujours pas en vue. Comme il parcourt des yeux les surfaces compliquées des différentes parties de la station, il remarque un détail coloré, d'une nuance inconnue, du moins à cet endroit. S'approchant un peu, il distingue un objet assez grand, comme un scaphandre. Mais c'est une combinaison spatiale. Quelqu'un est là. Qui plane dans le vide.

Il n'était nullement convenu que les Russes participent à la réparation du panneau. Incompréhensible. Andy parcourt quelques mètres avant de décrocher à nouveau la sangle, puis de la fixer le plus loin possible sur la main courante. Le panneau apparaît, replié contre la coque, il ne semble pas endommagé. Mais le souci d'Andy est ailleurs. Les quelques mètres parcourus suffisent à le convaincre : un cosmonaute est à quelques dizaines de mètres de lui, accroché à la structure, ballotté par les mouvements de celle-ci. Aucun détail de son équipement ne correspond à ce qui se fait en Europe, en Asie ou en Amérique pour la protection des cosmonautes : sa combinaison est jaune, son casque en verre est d'une seule pièce et couvre toute la tête, il porte dans le dos des bouteilles qu'Andy suppose d'oxygène, mais leur forme rappelle celles des plongeurs d'antan, ainsi qu'un énorme appareil radio munie d'une antenne aussi longue que la moitié du corps. Il ne semble rien faire pour se dégager. Les mouvements qu'il effectue ne sont pas de son fait : son corps est inerte.

Le jeune homme prévient sa collègue. Elle informe immédiatement la base. Revenus de leur surprise, les responsables ne s'expliquent pas la situation. À part Andy, Helen et quatre autres cosmonautes occupés dans la partie opposée de la station, personne n'a été chargé d'une mission à l'extérieur de celle-ci. En outre, comme Helen leur transmet des détails sur ce qu'il faut bien appeler une « apparition », ils se rendent à l'évidence. Il s'agit d'un phénomène inconnu. La description de la combinaison de « l'intrus » bien détaillée par Andy ne correspond à aucune de celles revêtues par les cosmonautes des différents états participant à des missions spatiales.

À l'extérieur, Andy serait tenté de s'approcher du malheureux toujours accroché à la plate-forme. Il en est encore assez loin. Helen lui transmet les consignes de la base : bien qu'on ne sache pas qui il est, ni quelle est sa mission, il faut porter secours à l'individu en danger. Avant tout s'approcher suffisamment de lui, afin d'en savoir plus sur son apparence, son état de santé. Est-il encore vivant ?

Abandonnant sa mission première, et prenant mille précautions, Andy est obligé de décrocher le câble qui le retient à la station, dix mètres par dix mètres, en s'aidant de toutes les saillies, des points d'ancrage des modules apponté. Il est maintenant assez près de l'autre pour distinguer son visage. Soit il n'est pas d'origine humaine, soit il porte un masque. Mais sa posture atone autant qu'instable donne l'impression que la vie l'a quitté.

La tâche d'Andy est délicate : certes longtemps pour des raisons de sécurité, les sorties extra-véhiculaires se faisaient par deux. Mais cette fois les choses se présentent bien différemment. Andy doit revenir à son point de départ encombré d'un individu qui ne lui sera d'aucune aide, sans être relié par lui-même à la station. L'inconnu est seulement coincé dans une niche entre deux panneaux. Parmi l'attirail qu'Andy avait emporté pour remplir sa mission, il y a une autre sangle qui devait lui servir en secours s'il était appelé à intervenir dans un autre secteur. Il serre cette amarre autour de la taille, d'une jambe et d'un bras de l'inconnu, et entame le retour vers l'ouverture du sas. Bien que dans le vide les corps ne pèsent pas, le risque est grand de commettre une erreur, de relâcher un instant son attention, et de voir s'éloigner à quatre kilomètres par heure et sans recours possible celui qu'on doit sauver. Comme tout être humain, le jeune homme est capable d'accomplir des actes héroïques, avec en plus des facultés dont seuls sont pourvus les cosmonautes sélectionnés. Il faut ajouter, dans le cas d'Andy, un sens aigu de ses responsabilités… et des années d'entraînement intensif. Il mène dans l'angoisse une mission qui n'était pas prévue… et qui probablement n'avait jamais été tentée depuis les débuts de la conquête spatiale.

Par sécurité, les deux cosmonautes disposent chacun maintenant d'une liaison assurée à l'ISS. Mais cela oblige le seul valide des deux, tous les dix mètres, à détacher puis à rattacher les sangles à des saillies solides de la carlingue. L'opération prend du temps, un temps bien plus long que ces quelques dizaines de minutes qui étaient prévues pour la réparation du panneau. Andy sait qu'il y a un risque pour les yeux, car depuis qu'il a quitté le module, la station a légèrement pivoté, et les rayons lumineux, non filtrés par l'atmosphère, éclairent violemment son visage chaque fois qu'Andy fait face au soleil, dans ses efforts pour garder le contact avec son compagnon. Il sait qu'il risque l'aveuglement. Il se méfie de l'antenne et du poste radio qui comporte des angles vifs, pour éviter un accroc dans sa combinaison. Le sas n'est plus qu'à quelques mètres. Il s'assure de la fixation de la sangle de son compagnon, avant de le lâcher, car il doit disposer de ses deux bras pour ouvrir l'écoutille du sas. Il appréhende cette entrée, se rappelant Alexis Leonov qui avait éprouvé des difficultés à rejoindre le module à cause de la trop grande rigidité de sa combinaison. Lui ne craint rien, la sienne ayant passé tous les tests de souplesse, quand en piscine il avait cent fois franchi la trappe du sas expérimental, et dans les deux sens. Mais l'autre, prisonnier de son scaphandre, parviendra-t-il à le plier suffisamment pour franchir l'écoutille ? Il ouvre la trappe de celle-ci. Se maintenant fermement à la sangle, il détache l'autre, puis le prenant par la taille, le tire vers lui, le renverse et le dirige vers l'entrée du module, les pieds en avant, sans avoir besoin de le plier. Andy prend la suite sans difficulté. Il referme l'écoutille et active la repressurisation du sas. Derrière le hublot, Helen a suivi toute l'opération sans pouvoir apporter de l'aide. Maintenant, elle tente de dévisager l'inconnu, sans succès car sa position n'est pas favorable, son visage est tourné vers le sol.

La deuxième trappe, celle du labo, s'ouvre finalement. Avant tout, elle aide son collègue à s'extraire de sa combinaison. Puis tous les deux s'emparent de l'inconnu en suspension dans l'habitacle, le font pivoter afin de distinguer enfin son visage. Helen remarque le haut du crâne dégarni, la minuscule moustache, les deux yeux comme des points derrière les lunettes rondes…

— Wolf ! s'écrie-t-elle.

— Tu le connais ?

— Wolf ! Voyons Andy… Wolf !

— Comment peux-tu reconnaître cet individu ? Son visage est masqué !

— Il ne porte pas de masque. Il est comme ça. C'est Wolf. Il faut se replacer dans les années cinquante, Andy, en 1954 exactement, quand pour la première fois, des hommes et un petit chien posèrent le pied sur la lune. Wolf était de l'expédition.

Épuisé par les efforts qu'il vient d'accomplir, le jeune homme ne comprend rien à ce qu'Helen, toute excitée, tente de lui révéler. Trente ans auparavant, Andy venait de naître, et les œuvres du dessinateur et scénariste Hergé étaient déjà oubliées des amateurs de bandes dessinées. Et aux États-Unis, si Helen était depuis les années 60 une fidèle lectrice des aventures de Tintin, sa ferveur n'était partagée que par une minorité de passionnés.

— Ils revenaient de la lune, Andy ! Leur réserve d'oxygène s'était révélée insuffisante à cause de la présence imprévue des deux

Dupont, et aussi de celle de deux agents d'une puissance étrangère qui voulaient détourner la fusée vers leur pays. L'un des deux, Wolf, voulant se racheter, et conscient du danger qu'il faisait courir à ses compagnons de voyage, décida d'abandonner la fusée lunaire, et se perdit dans le vide interplanétaire. Par son sacrifice, Tintin et Milou, le capitaine, le professeur Tournesol et les Dupont revinrent sain et sauf sur terre.

Andy n'en croit ses yeux ni ses oreilles. Helen ! Helen la scientifique, cette femme choisie par l'Agence spatiale pour mener les recherches que le monde espère décisives pour la santé de l'humanité, Helen tombe en pâmoison devant un personnage de conte, quelqu'un qui n'est pas quelqu'un, un objet, une image, un dessin ! Chez Andy, on passe de la surprise à la colère. Helen craint que, malgré son âge, il soit déjà de ces *trop* savants qui ne croient que ce que la raison leur dicte. Elle se dit qu'elle aura avec son jeune collègue bien du pain sur la planche avant de le ramener à la réalité, celle de l'incroyable, de l'impensable.

Soudain, ils réalisent qu'ils ont abandonné leur nouveau compagnon, qui plane dans le labo. Il est vite rattrapé, et extrait de sa combinaison à la « bibendum » de chez Michelin. Ils le sanglent sur un siège et l'examinent sous tous les angles. Helen fait patienter la base qui demande des informations. Elle ne sait pas comment leur présenter une situation qui risque de la faire passer pour la victime d'un séjour prolongé en apesanteur et de ses effets désastreux sur l'entendement !

— Où suis-je ?

Ils sursautent. Leur surprise n'a d'égale que celle de l'individu qui a parlé. Il les fixe successivement tous les deux, longuement, de ses yeux qui, même écarquillés, restent des points.

— Comment est-ce possible ? Me voici…
— …
— …parmi les humains, n'est-ce pas ?
— Ou… oui… bredouille Helen.

Andy est dans l'expectative. Elle, se souvient :

— Dans votre dernière lettre, vous écriviez « Moi parti, j'espère que vous aurez assez d'oxygène pour arriver vivant jusqu'à la terre… »
— Oui, et j'ajoutais que quant à moi, un miracle me permettra peut-être d'en réchapper aussi. Eh bien voyez-vous, un miracle a eu lieu ! Certes, et je vous en suis infiniment reconnaissant, grâce à votre intervention.
Andy veut revenir à la réalité, ou ce qu'il croit être telle.
— Mais, Helen, si les événements que tu rapportes ont réellement eu lieu, comment cet honorable personnage a-t-il pu survivre sans oxygène, sans alimentation et sans espoir dans le vide interplanétaire ? Les humains que nous sommes expireraient après quelques heures…
— Je ne suis pas un homme, mon garçon. Seulement un astronaute qui, quinze ans avant vous, a marché sur la lune.
Helen :
— Andy, les images, bien plus que les hommes qui les conçoivent, sont indestructibles. Comme les peintures rupestres millénaires, comme les sculptures de Polyclète ou de Michel-Ange, comme les plus belles œuvres exposées au Metropolitan, toutes ces choses pourtant inanimées sont éternelles.
Un moment. Elle poursuit :
— Wolf sera encore dans les mémoires quand nous ne serons plus là.
— Mes amis, vous parlez beaucoup de moi. Trop peut-être. Je ne mérite pas tous ces éloges. Je voudrais vous dire… que ma place n'est pas ici, parmi les humains. Je vous l'accorde, peut-être dans les

mémoires, auprès de ces héros qui ont effectué cet incroyable voyage sur la lune.

Puis il propose à Helen et Andy d'ouvrir les écoutilles. Un court instant le jeune homme, sensibilisé par les propos de celui qu'il ne tient plus vraiment pour un personnage de contes, allait refuser cette demande. Puis il se ravise. Wolf tend le bras vers le scaphandre, le poste, l'antenne et les bouteilles. Ils ne sont pas trop de deux pour l'équiper d'une combinaison et d'accessoires qu'ils ne connaissent pas. C'est Andy qui ouvre la première écoutille. Wolf s'y introduit. Même s'ils jugent que cette disposition est inutile, ils actionnent la manette qui commande la dépressurisation du sas. La trappe extérieure une fois ouverte, nez collés au hublot, ils assistent au départ de Wolf. Ils restent quelques minutes ainsi, jusqu'à ce qu'une petite tache jaune, puis un minuscule point lumineux se perdent dans le noir de l'espace.

La base est informée par Helen. Elle a longtemps hésité, mais il lui est impossible de dissimuler la moindre péripétie survenue au cours d'une mission. C'est aux responsables du Centre spatial de décider. Ce qu'ils feront. Pas un mot à la presse. L'épisode classé « Wolf » dans les archives de la NASA restera secret. Pas de danger du côté des deux scientifiques qui sont assermentés. Quant aux quatre Russes, ils n'ont rien vu et rien entendu. Par contre, le Centre n'a pas oublié qu'une tâche n'a pas été accomplie : la remise en état du panneau endommagé.

La base appelle, de la part de Susan. Helen fonce vers le téléphone.

— Oui, tout s'est bien passé, le retour est prévu pour bientôt, je t'embrasse.

Susan est la sœur jumelle d'Helen. En restant au sol, elle participe activement à la recherche médicale. Après le séjour de trois mois d'Helen en apesanteur, les analyses effectuées sur les deux femmes ayant subi le même traitement permettront peut-être de mettre en place une thérapie efficace contre l'atrophie musculaire et l'ostéoporose.

Quant à Andy, il accomplit sa seconde sortie extra-véhiculaire. Pour parvenir à un positionnement correct du panneau solaire, cela demande du temps et des efforts musculaires. Il s'accorde une pause toutes les minutes, pour détendre ses bras. Enfin, il réussit à débloquer le mécanisme et redéploie le grand volet qui supporte de quoi alimenter en énergie le module laboratoire. Avant de prendre le chemin du retour, il ne peut s'empêcher de contempler, admiratif, cette œuvre humaine incroyable qu'est la station spatiale internationale. Au-dessous de lui, la planète bleue. Et partout parsemées, innombrables, les étoiles.

§

TABLE DES MATIÈRES

Imprimé en France
ISBN 979-10-284-2224-0
Dépôt légal : 3e trimestre 2022